用文字照亮每个人的精神夜空

领读文化传媒
LINGDU Culture & Media

微信 | 微博 | 豆瓣   领读文化

漫说文化丛书

神神鬼鬼

陈平原 编

湖南人民出版社·长沙

声音演绎文字之美·声音构筑文学世界·声音记录文化传承

● 如何收听《神神鬼鬼》全本有声书？

① 微信扫描左边的二维码关注"领读文化"公众号。
② 后台回复【神神鬼鬼】，即可获取兑换券。
③ 扫描兑换券二维码，免费兑换全本有声书。

● 去哪里查看已购买的有声书？

方法 ①
兑换成功后，收藏已购有声书专栏，
即可在微信收藏列表中找到已购有声书。

方法 ②
在"领读文化"公众号菜单栏点击"我的课程"，
即可找到已购有声书。

用文字照亮每个人的精神夜空

序

陈平原

据说，分专题编散文集我们是"始作俑者"，而且这一思路目前颇能为读者所接受，这才真叫"无心插柳柳成荫"。当初编这套丛书时，考虑的是我们自己的趣味，能否畅销是出版社的事，我们不管。并非故示清高或推卸责任，因为这对我们来说纯属"玩票"，不靠它赚名声，也不靠它发财。说来好玩，最初的设想只是希望有一套文章好读、装帧好看的小书，可以送朋友，也可以搁在书架上。如今书出得很多，可真叫人看一眼就喜欢，愿把它放在自己的书架上随时欣赏把玩的却极少。好文章难得，不敢说"野无遗贤"，也不敢说入选者皆字字珠玑，只能说我们选得相当认真，也大致体现了我们对20世纪中国散文的某些想法。"选家"之事，说难就难，说易就易，这点如鱼饮水，冷暖自知。

记得那是1988年春天，人民文学出版社约我编林语堂散文集。此前我写过几篇关于林氏的研究文章，编起来很容易，可就是没兴致。偶然说起我们对二十世纪中国散文的看法，以及分专题编一套小书的设想，没想到出版社很欣赏。这样，1988年暑假，钱理群、黄子平和我三人，又重新合作。大热天闷在老钱那间十平方米的小屋里读书，先拟定体例，划分专题，再分头选文。读到出乎意料的好文章，当即"奇文共欣赏"；不过也淘汰了大批徒有虚名的"名作"。开始以为遍地黄金，捡不胜捡；可沙里淘金一番，才知道好文章实在并不多，每个专题才选了那么几万字，根本不够原定的字数。开学以后又泡图书馆，又翻旧期刊，到1989年春天才初步编好。接着就是撰写各书的前言，不想随意敷衍几句，希望能体现我们的趣味和追求，而这又是颇费斟酌的事。一开始是"玩票"，越做越认真，变成撰写二十世纪中国散文史的准备工作。只是因为突然的变故，这套小书的诞生小有周折。

对于我们三人来说，这迟到的礼物，最大的意义是纪念当初那愉快的学术对话。就为了编这几本小书，居然"大动干戈"，脸红耳赤了好几回，实在不够洒脱。现在回想起来，确实有点好笑。总有人问，你们三个弄了大半天，就编了这几本小书，值得吗？我也说不清。似乎做学问有时也得讲兴致，不能老是计算"成本"和"利润"。唯一有点遗憾的是，书出得不如以前想象的那么好看。

这套小书最表面的特征是选文广泛和突出文化意味，而其根本则是我们对"散文"的独特理解。从章太炎、梁启超一直选到汪曾祺、贾平凹，这自然是与我们提出的"二十世纪中国文学"的概念密切相关。之所以选入部分清末民初半文半白甚至纯粹文言的文章，目的是借此凸现二十世纪中国散文与传统散文的联系。鲁迅说五四文学发展中"散文小品的成功，几乎在小说戏曲和诗歌之上"(《小品文的危机》)，原因大概是散文小品稳中求变，守旧出新，更多得到传统文学的滋养。周作人突出明末公安派文学与新文学的精神联系(《杂拌儿·跋》和《中国新文学的源流》)，反对将五四文学视为对欧美文学的移植，这点很有见地。但如以散文为例，单讲输入的速写(Sketch)、随笔(Essay)和"阜利通"(Feuilleton)固然不够，再搭上明末小品的影响也还不够；魏晋的清谈、唐末的杂文、宋人的语录，还有唐宋八大家乃至"桐城谬种""选学妖孽"，都曾在二十世纪的中国散文中产生过遥远而深沉的回音。

面对这一古老而又生机勃勃的文体，学者们似乎有点手足无措。五四时输出"美文"的概念，目的是想证明用白话文也能写出好文章。可"美文"概念很容易被理解为只能写景和抒情；虽然由于鲁迅杂文的成就，政治批评和文学批评的短文，也被划入散文的范围，却总归不是嫡系。世人心目中的散文，似乎只能是风花雪月加上悲欢离合，还有一连串莫名其妙的比喻和形容词，甜得发腻，或者借用徐志摩的话，"浓得化不开"。至于学者式重知识重趣味的疏淡的闲话，有点苦涩，有点清幽，虽不大容易为入世未深的青年所欣赏，却更得中国古代散文的神韵。不只是逃避过分华丽的辞藻，也不只是落笔时的自然大方，这种雅致与潇洒，更多的是一种心态，一种学养，一种无以名之但确能体会到的"文化味"。比起小说、诗歌、戏剧来，散文更讲浑然天成，更难造假与敷衍，更依赖于作者的才情、悟性与意趣——因其"技术性"不强，很容易写，但很难写好，这是一种"看似容易成却难"的文体。

选择一批有文化意味而又妙趣横生的散文分专题汇编成册，一方面是让读者体会到"文化"不仅凝聚在高文典册上，而且渗透在日常生活中，落实为你所熟悉的一种情感，一种心态，一种习俗，一种生活方式；另一方面则是希望借此改变世人对散文的偏见。让读者自己品味这些很少"写景"也不怎么"抒情"的"闲话"，远比给出一个我们认为准确的"散文"定义更有价值。

当然，这只是对20世纪中国散文的一种读法，完全可以有另外的眼光另外的读法。在很多场合，沉默本身比开口更有力量，空白也比文字更能说明问题。细心的读者不难发现我们淘汰了不少名家名作，这可能会引起不少人的好奇和愤怒。无意故作惊人之语，只不过是忠实于自己的眼光和趣味，再加上"漫说文化"这一特殊视角。不敢保证好文章都能入选,只是入选者必须是好文章,因为这毕竟不是以艺术成就高低为唯一取舍标准的散文选。希望读者能接受这有个性、有锋芒,因而也就可能有偏见的"漫说文化"。

1992年9月8日于北大

附记

陈平原

　　旧书重刊，是大好事，起码证明自己当初的努力不算太失败。十五年后翩然归来，依照惯例，总该有点交代。可这"新版序言"，起了好几回头，全都落荒而逃。原因是，写来写去，总摆脱不了十二年前那则旧文的影子。

　　因为突然的变故，这套书的出版略有耽搁——前五本刊行于1990年，后五本两年后方才面世。以当年的情势，这套无关家国兴亡的"闲书"，没有胎死腹中，已属万幸。更让我们感到欣慰的是，这十册小书出版后，竟大获好评，获得首届（1992）新闻出版署直属出版社优秀图书奖选题一等奖。我还因此应邀撰写了这则刊登在1992年11月18日《北京日报》上的《漫说"漫说文化"》。此文日后收入湖南教育出版社版《漫说文化》（1997）和北京大学出版社版《二十世纪中国文学三人谈·漫说文化》（2004），流传甚广。与其翻来覆去，车轱辘般说那么几句老话，还不如老老实实地引入这则旧文,再略加补正。

丛书出版后,记得有若干书评,多在叫好的同时,借题发挥。这其实是好事,编者虽自有主张,但文章俱在,读者尽可自由驰骋。一套书,能引起大家的阅读兴趣,让其体悟到"另一种散文"的魅力,或者关注"日常"与"细节",落实"生活的艺术",作为编者,我们于愿足矣。

这其中,唯一让我们很不高兴的是,香港勤+缘出版社从人民文学出版社购得该丛书版权,然后大加删改,弄得面目全非,惨不忍睹。刚出了一册《男男女女》,就被我们坚决制止了。说来好笑,虽然只是编的书,也都像对待自家孩子一样,不希望被人肆意糟蹋。

也正因此,每当有出版社表示希望重刊这套丛书时,我们的要求很简单:保持原貌。因为,这代表了我们那个时候的眼光与趣味,从一个侧面凸现了神采飞扬的八十年代,其优长与局限具有某种"史"的意义。很感谢复旦大学出版社,除了体谅我们维护原书完整性的苦心,还答应帮助解除人民文学出版社版印刷不够精美的遗憾。

2005年4月13日于京西圆明园花园

再记

陈平原

转眼间,十三年过去了。眼看复旦大学出版社版"漫说文化"丛书售罄,"领读文化"的康君再三怂恿,希望重刊这套很有意义的小书。

只要版权问题能解决,让旧书重新焕发青春,何乐而不为?更何况,康君建议请专业人士朗读录音,转化为二维码,随书付印,方便通勤路上或厨房里忙碌的诸君随时倾听。

某种意义上,科技正在改变国人的阅读习惯,一个明显的例子,便是"听书"成了时尚。对于传统中国文人来说,这或许是一种新的挑战。可对于现代中国散文来说,却是歪打正着。因为,无论是胡适的"国语的文学,文学的国语",还是周作人的"有雅致的白话文",抑或叶圣陶的主张"作文"如"写话",都是强调文字与声音的紧密联系。

不仅看起来满纸繁花,意蕴宏深,而且既"上口",又"入

I

耳",兼及声调和神气,这样的好文章,在"漫说文化"丛书中比比皆是。

如此说来,"旧酒"与"新瓶"之间的碰撞与对话,很可能产生绝妙的奇幻效果。

2018年3月21日于京西圆明园花园

导读

陈平原

• 一

了解一个民族，不能不了解其鬼神观念。说到底，人生事不就是生与死？生前之事历历在目，不待多言；死后之事则因其神秘莫测、虚无缥缈，强烈地吸引着每一个民族的先民们。"鬼之为言归也。"（《尔雅》）问题是活蹦乱跳的"人"，归去后还有没有感觉，还能不能活蹦乱跳，这实在让人放心不下。据说，当子贡向孔子请教死人有知无知时，孔子的回答颇为幽默："欲知死人有知将无知也，死徐自知之，犹未晚也。"（刘向《说苑》）可惜世上如孔子般通达的人实在不多，无事自扰的常人，偏要在生前争论这死后才能解开的谜。

在一般民众心目中，"鬼"与"神"是有很大区别的。前者祸害人间，故对之畏惧、逃避，驱赶其出境；后者保佑人间，故对之崇敬、礼拜,祈求其赐福。"畏"与"敬"、"赶"与"求"本是人类创造神秘异物的两种心理基因,只不过前者坐实为"鬼",后者外化为"神"。这样,"鬼""神"仿佛有天壤之别,由此引申出来的各种词汇也都带有明显的情感趋向。"鬼域"与"神州"不可同日而语;君子必然"神明",小人只能"鬼黠";说你"心怀鬼胎""鬼鬼祟祟",与说你"神机妙算""神姿高彻"根本不是一回事。只是在强调其非人间或非人力所能为这一点上,鬼、神可以通用。比如"鬼工"就是"神工","神出鬼没"与"鬼使神差"中鬼神不分。至于"文化大革命"中使用频率最高的"牛鬼蛇神",更是把鬼神一锅煮了。

也有努力区分鬼、神的哲人,着眼点和思路自然与一般民众不同。汉代的王充以阴阳讲鬼神,称"阴气逆物而归,故谓之鬼;阳气导物而生,故谓之神"(《论衡》)。宋代的朱熹则赋予鬼、神二名以新义,将其作为屈伸、往来的代名词,全无一点宗教意味:"气之方来皆属阳,是神;气之反皆属阴,是鬼。日自午以前是神,午以后是鬼。月自初三以后是神,十六以后是鬼……草木方发生来是神,凋残衰落是鬼。人自少至壮是神,衰老是鬼。"(《朱子语类》)如此说神鬼,已失却神鬼的本来意义:天下万事万物都是神鬼,神鬼也就没有存在价值了。

我之不想区分神、鬼,并非鉴于哲人的引申太远和民众的界说模糊,而是觉得这样说起来顺些。本来人造鬼神的心理,就像一个硬币的两面,根本无法截然分开。说近的,现实生活中多的是"以鬼为神"或者"降神为鬼",鬼、神的界限并非不可逾越。说远的,先秦典籍中"鬼神"往往并用,并无高低圣俗之分,如《尚书》中的"鬼神无常享"、《左传》中的"鬼神非人实亲"、《礼记》中的"鬼神之祭",以及《论语》中的"敬鬼神而远之"等。先秦时代的鬼、神,似乎具有同样的威力,也享受同样的敬畏与祭祀。

再说,详细辨析鬼神观念的发展变化,并加以准确的界定,那是学者的事。至于文人的说神道鬼,尽可不必过分认真,太拘泥于概念的使用。否则,文章可能既无"神工"也无"鬼斧",只剩下一堆大白话。也就是说,如果是科学论文,首先要求"立论正确",按照大多数经过科学洗礼的现代人的思路,自然最好是宣传无神论,或者大讲《不怕鬼的故事》。可作为文艺性的散文,则鬼神不分没关系,有鬼无鬼也在其次,关键在"怎么说",不在"说什么"。只要文章写得漂亮,说有鬼也行,说无鬼也行,都在可读之列。有趣的是,大多数有才气有情趣的散文,不说有鬼,也不说无鬼,而是"疑鬼神而亲之"——在鬼神故事的津津乐道中,不时透出一丝嘲讽的语调。或许,坚持有神鬼者和一心辟神鬼者,都不免火气太盛、教诲意识太强,难得雍容自适的心态,写起散文来自然浮躁了些。

二

周作人在《谈鬼论》中曾经说过,他对于鬼故事有两种立场不同的爱好,一是文艺的,一是历史的(民俗学上的)。对于二十世纪的中国作家,还应加上第三种立场的爱好:现实政治斗争的。从艺术欣赏角度谈鬼、从民俗学角度谈鬼与从现实斗争角度谈鬼,当然有很大不同。不应该单纯因其角度不同而非此即彼或者扬此抑彼,但这并不意味着不可以对其有所褒贬。只是必须记得,这种褒贬仍然有文艺学的、民俗学的和社会学的差别。

对于二十世纪的中国作家来说,生活实在太紧张太严肃了,难得有余暇如周作人所吟咏的"街头终日听谈鬼"。这就难怪周氏《五十自寿诗》一出来,就引起那么多激进青年的愤怒。现实中的神鬼为害正烈,实在没有心思把玩鉴赏。于是,作家们拿起笔来,逢神打神,遇鬼赶鬼。虽说鬼神不可能因此斩尽杀绝,毕竟尽到了作家的社会责任。

后人或许不理解这个时代的作家为什么热衷于把散文写成"科普读物",甚至提出了"了解鬼是为了消灭鬼"这样煞风景的口号,比起苏东坡的"姑妄听之",比起周作人的"谈狐说鬼寻常事",未免显得太少雅趣。陈独秀的话部分解答了这个问题:"吾国鬼神之说素盛,支配全国人心者,当以此种无意识之宗教观念最为有力。"(《有鬼论质疑》)致力于社会进步的现代中国作家，不能不请科学来驱鬼——即使明知这样做没有多少诗意。是的，推远来看，鬼神之说挺有诗意，"有了鬼，宇宙才神秘而富有意义"（许钦文《美丽的吊死鬼》）。可当鬼神观念纠缠民心，成为中国发展的巨大障碍时，打鬼势在必行，作家也就无权袖手旁观，更不要说为之袒护了。清末民初的破除迷信、八十年代的清算现代造神运动，都是为了解放人的灵魂。如此巨大的社会变革，从人类发展史来看，不也挺有诗意吗——当然，落实到每篇文章又是另一回事。

　　文人天性爱谈鬼，这点毋庸讳言。中国古代文人留下那么多鬼笔记、鬼诗文、鬼小说和鬼戏曲，以至让人一想就手痒。虽说有以鬼自晦、以鬼为戏、以鬼设教之别（刘青园《常谈》），但谈鬼可自娱也可娱人，我想，这一点谁也不否认。李金发慨叹："那儿童时代听起鬼故事来，又惊又爱的心情，已不可复得了，何等可惜啊！"（《鬼话连篇》）之所以"不可复得"，因为接受了现代科学，不再相信神鬼。倘若摒弃鬼神有利于社会进步，那么少点"又惊又爱"的刺激，也不该有多大抱怨。这也是为什么这个世纪的文人尽管不乏喜欢谈鬼说神的，可大都有所克制，或者甚至自愿放弃这一爱好的原因。

　　三十年代中期，《论语》杂志拟出版"鬼故事专号"，从征文启事发出到专号正式发排才十五天时间，来稿居然足够编两期，可见文人对鬼的兴趣之大。除周作人此前此后均曾著文论鬼外，像老舍、丰子恺、梁实秋、李金发、施蛰存、曹聚仁、老向、陈铨、林庚、许钦文等,都不是研究鬼的专家,却也都披挂上阵。好多人此后不再谈鬼,很可能不是不再对鬼感兴趣,而是因为鬼神问题在二十世纪中国,基本上是个政治问题,而不是文化问题。要不打鬼,要不闭口,难得有姑妄言之、姑妄听之的"小品心态"。也就三十年代有过这么一次比较潇洒而且富有文化意味的关于鬼的讨论,余者多从政治角度立论。不说各种名目的、真真假假的"打鬼运动",即使编一本《不怕鬼的故事》或讨论一出鬼戏,都可能是一场政治斗争的讯号或标志。这么一来,谈神说鬼成了治国安邦的大事,区区散文家也就毋庸置喙了。勉强要说也可以,可板起面孔布道,笔下未免滞涩了些。

三

"可怜夜半虚前席,不问苍生问鬼神。"李商隐的《贾生》诗,曾令多少怀才不遇的文人感慨唏嘘。时至二十世纪,再自命"贾生才调更无伦"者,也不敢奢望"宣室求贤访逐臣"了。即便如此,不谈苍生谈鬼神,还是让人胆怯乃至本能地反感。古代文人固然甚多喜欢说鬼者,知名的如苏轼、蒲松龄、纪昀、袁枚等,可据说或者别有怀抱或者寄托幽愤。今人呢?今人实际上也不例外,都是兼问苍生与鬼神。正当"鬼故事专号"出版之际,就有人著文捅破这层窗户纸,诉说不谈国事谈鬼事的悲哀，结论是"客中无赖姑谈鬼，不觉阴森天地昏"（陈子展《谈鬼者的悲哀》）。

茶棚里高悬"莫谈国事"的告示，可并不禁止"白日说鬼"；报刊中要求舆论一律，可也不妨偶尔来个"鬼话连篇"。无权问苍生，只好有闲谈鬼神，这是一种解释；无权直接问苍生，只好有闲假装谈鬼神，这又是一种解释。中国现代作家中无意于苍生者实在太少，故不免常常借鬼神谈苍生。鲁迅笔下"发一声反狱的绝叫"的地狱里的鬼魂（《失掉的好地狱》），老舍笔下无处无时不令人讨厌的"不知死的鬼"（《鬼与狐》），周作人笔下"附在许多活人身上的野兽与死鬼"（《我们的敌人》），还有李伯元笔下的色鬼、赌鬼、酒鬼、鸦片烟鬼（《说鬼》），何尝不是都指向这"清平世界朗朗乾坤"？清人吴照《题〈鬼趣图〉》早就说过："请君试说阎浮界，到底人多是鬼多？"

不管作家意向如何，读者本来就趋向于把鬼话当人话听，把鬼故事当人的故事读，故不难品味出文中隐含的影射、讽喻或者根本就不存在的暗示与引申。即使把一篇纯属娱乐的鬼故事误读成意味深长的政治寓言也不奇怪，因为"鬼世界"本就是"人世间"的摹写与讽喻。正如曹聚仁说的："为鬼幻设十殿阎罗，幻设天堂地狱，幻设鬼市鬼城，也是很可哀的，因为这又是以人间作底稿的蜃楼。"（《"鬼"的箭垛》）一般地说，"牵涉到'人'的事情总不大好谈，说'鬼'还比较稳当"（黄苗子《〈鬼趣图〉和它的题跋》）。但也有例外，说鬼可能最安全

VII

也可能最危险,因为鬼故事天生语意含糊而且隐含讽刺意味。当社会盛行政治索隐和大众裁决,而作者又没有任何诠释权时,鬼故事便可能绝迹。谁能证明你的创作不是"影射现实发泄不满"?"鬼"能证明吗?

还有另外一种说鬼,不能说无关苍生,但确实离现实政治远些,那就是从文化人类学角度出发,借助对鬼神的考察来窥探一个民族的心灵。不同于借鬼神谈苍生,而是谈鬼神中的苍生,或者说研究鬼中的"人"。这就要求多一点理解,多一点同情,多一点文化意味和学识修养,而不只是意气用事。周作人说得好:"我不信人死为鬼,却相信鬼后有人,我不懂什么是二气之良能,但鬼为生人喜惧愿望之投影则当不谬也。"(《鬼的生长》)虽说早在公元一世纪,哲学家王充就说过鬼由人心所生之类的话:"凡天地之间有鬼,非人死精神为之也,皆人思念存想之所致也。"(《论衡》)但是,王充着眼于破有鬼论,周作人则注重鬼产生的文化心理背景,两者仍有很大差别。在理论上,周作人谈不上什么建树,他所再三引述的西方人类学家茀来则等对此有更为精细的辨析。不过,作为一个学识颇为渊博的散文家,认准"鬼后有人","听人说鬼实即等于听其谈心"(《鬼的生长》),在中国古代典籍中钩稽出许多有关鬼的描述,由此也就从一个特定角度了解了"中原民族的真心实意"。经过周氏整理、分析的诸多鬼故事,以及这些谈论鬼故事的散文小品,确实如其自称的,是"极有趣味也极有意义的东西"。

至于这项工作的目的与途径，周作人有过明确的表述："我们喜欢知道鬼的情状与生活，从文献从风俗上各方面去搜求，为的可以了解一点平常不易知道的人情，换句话说就是为了鬼里边的人。"(《说鬼》)代代相传的辉煌经典，固然蕴藏着一个民族的灵魂；可活跃于民间、不登大雅之堂的鬼神观念及其相关仪式，何尝不也代表一个民族心灵深处的隐秘世界？前者历来为学者所重视，后者在思想史研究上的意义尚未得到普遍的承认。当然，不能指望散文家做出多大的学术贡献，可此类谈神说鬼的散文确实引起人们对鬼神的文化兴趣。借用汪曾祺的话，"我们要了解我们这个民族"(《水母》)，因此，我们不能撇下鬼神不管。在这方面，散文家似乎仍然大有可为。

四

20世纪初，正当新学之士力主驱神斩鬼之时，林纾翻译了"立义遣词，往往托象于神怪"的莎士比亚的戏剧和哈葛德的小说。为了说明专言鬼神的文学作品仍有其存在价值，林纾列出两条理由，一为鬼神之说虽野蛮，可"野蛮之反面，即为文明。知野蛮流弊之所及，即知文明程度之所及"(《〈埃及金塔剖尸记〉译余剩语》)；一为政教与文章分开，富国强兵之余，"始以余闲用文章家娱悦其心目，虽哈氏、莎氏，思想之旧，神怪之托，而文明之士，坦然不以为病也"(《〈吟边燕语〉序》)。用老话说，前者是认识意义，后者为文学价值。

三十年后，梁实秋再说莎士比亚作品里的鬼，可就只肯定鬼是莎氏戏剧中很有用的技巧，而且称"莎士比亚若生于现代，他就许不写这些鬼事了"（《略谈莎士比亚作品里的鬼》）。或许一般读者还没有真正摆脱鬼神观念的束缚，还很难从文化人类学角度客观考察鬼神的产生与发展，故文学作品不宜有太多鬼神。说起古代的鬼诗、鬼画、鬼戏、鬼小说来，作家们大致持赞赏的态度，可一涉及当代创作，则都谨慎得多，不敢随便表态。"如果是个好鬼，能鼓舞人们的斗志，在戏台上多出现几次，那又有什么妨害呢？"这话说得很通达。可别忘了，那是有前提的："前人的戏曲有鬼神，这也是一种客观存在，没有办法可想。"（《有鬼无害论》）也就是说，廖沫沙肯定的也只是改编的旧戏里的鬼神，至于描写现代生活的戏里能否出现鬼神，仍然不敢正面回答。

这里确实不能不考虑中国读者的接受水平。理论上现代戏也不妨出现神鬼，因那只是一种可供选择的艺术技巧，并不代表作家的思想认识水平，更无所谓"宣传迷信"。可实际上作家很少这么做，因尺度实在不好把握。周作人在谈到中外文学中的"僵尸"时称，此类精灵信仰，"在事实上于文化发展颇有障碍，但从艺术上平心静气地看去，我们能够于怪异的传说的里面瞥见人类共通的悲哀或恐怖，不是无意义的事情"（《文艺上的异物》）。反过来说，倘若不是用艺术的眼光，不是"平心静气"地欣赏，鬼神传说仍然可能"于文化发展颇有障害"。了解二十世纪中国读者的整体文化水平以及中国作家普遍具有的启蒙意识，就不难理解为什么作家们对当代创作中的鬼神问题举棋不定、态度暧昧。直到八十年代中期，这种情况才有所改变。

至于为什么鬼神并称，而在这个世纪的散文中，却明显地重鬼轻神，想来起码有两个值得注意的原因：一是鬼的人情味，一是散文要求的潇洒心态。不再是"敬鬼神而远之"，民间实际上早就是敬神而驱鬼。现代人对于神，可能崇拜，也可能批判，共同点是走极端，或将其绝对美化，或将其绝对丑化，故神的形象甚少人情味，作家落笔也不免过于严肃。对鬼则不然，可能畏惧，也可能嘲讽，不过因其较多非俗非圣亦俗亦圣的人间味道，故不妨对其调笑戏谑。据说，人死即为鬼，是"自然转正"，不用申请评选；而死后为神者，则百年未必一遇。可见鬼比神更接近凡世，更多人味。传说里鬼中有人，人中有鬼，有时甚至人鬼不分；作家讲起此类鬼而人、理而情的鬼故事来，虽也有一点超人间的神秘色彩，可毕竟轻松多了。而这种无拘无束的宽松心境，无疑更适合于散文小品的制作。

对于鬼神在艺术创作中的作用，作家们虽一再提及，其实并没有认真地研究。老舍也不过说说鬼神可以"造成一种恐怖，故意地供给一种人为的哆嗦，好使心中空洞的人有些一想就颤抖的东西——神经的冷水浴"(《鬼与狐》)；而邵洵美

XI

分析文学作品中使用鬼故事的"五易",则明显带有嘲讽的意味(《鬼故事》)。如果说这个世纪的散文家在研究文艺中的鬼方面有什么值得注意之处的话,一是诸多作家对罗两峰《鬼趣图》的评论,一是鲁迅对目连戏中无常、女吊形象的描述。"这鬼而人,理而情,可怖而可爱的无常"(《无常》),这"大红衫子,黑色长背心,长发蓬松,颈挂两条纸锭","准备作厉鬼以复仇"的女吊(《女吊》),借助于鲁迅独特的感受和传神的文笔,强烈地撼动了千百万现代读者的心。这种鬼戏中的人情,很容易为"下等人"领悟;而罗两峰的《鬼趣图》和诸家题跋,则更多为文人所赏识。现代作家未能在理论上说清鬼诗、鬼画、鬼戏的艺术特色,可对若干以鬼为表现对象的文艺作品的介绍评析,仍值得人们玩味——这里有一代文人对鬼神及"鬼神文艺"潜在而浓厚的兴趣。

1990年6月27日

目　录

序 | 陈平原　　　　　　　　　　　·I

附记 | 陈平原　　　　　　　　　　·I

再记 | 陈平原　　　　　　　　　　·I

导读 | 陈平原　　　　　　　　　　·I

有鬼论质疑 | 陈独秀　　　　　　　·001

辟《灵学丛志》| 刘半农　　　　　·003

送灶日漫笔 | 鲁　迅　　　　　　　·008

捣鬼心传 | 鲁　迅　　　　　　　　·012

从拜神到无神 | 胡　适　　　　　　·015

谈迷信之类 | 茅　盾　　　　　　　·026

谈狐仙 | 唐 弢 · 030

土地和灶君 | 唐 弢 · 032

白昼见鬼——半间楼闲话 | 薰 宇 · 034

迷信——瓮牖剩墨之八 | 王 力 · 037

神的灭亡 | 靳 以 · 044

人和鬼 | 吴 晗 · 046

再谈人和鬼 | 吴 晗 · 050

元帅菩萨 | 丰子恺 · 054

漫谈鬼神观念的枷锁 | 秦 牧 · 057

从神案前站起来 | 蓝 翎 · 061

说鬼 | 李伯元 · 067

鬼赞 | 许地山 · 068

我们的敌人 | 周作人 · 071

花煞 | 周作人 · 074

疟鬼 | 周作人 · 080

鬼的生长 | 周作人 · 082

刘青园《常谈》| 周作人 · 088

说鬼 | 周作人 · 094

谈鬼论 | 周作人 · 099

失掉的好地狱 | 鲁　迅 · 108

"鬼"的箭垛 | 曹聚仁 · 110

乡人说鬼 | 老　向 · 115

鬼学丛谈 | 种　因 · 120

鬼话连篇 有序 | 李金发 · 127

美丽的吊死鬼 | 许钦文 · 134

谈鬼者的哀悲 | 陈子展 · 138

水母 | 汪曾祺 · 141

中国的神统 | 金克木 · 147

文艺上的异物 | 周作人 · 150

五猖会 | 鲁　迅 · 154

无常 | 鲁　迅 · 159

女吊 | 鲁　迅 · 168

鬼趣图 | 唐　弢 · 175

论《封神榜》| 聂绀弩 · 177

鬼与狐 | 老　舍 · 182

画鬼 | 丰子恺 · 186

鬼话 | 施蛰存 · 194

德国老教授谈鬼 | 陈铨 · 198

说鬼 | 林庚 · 210

鬼故事 | 邵洵美 · 213

略谈莎士比亚作品里的鬼 | 梁实秋 · 219

神·鬼·人——戏场偶拾 | 柯灵 · 223

话中有鬼 | 朱自清 · 234

有鬼无害论 | 廖沫沙 · 238

怕鬼的"雅谑" | 廖沫沙 · 242

《鬼趣图》和它的题跋 | 黄苗子 · 245

有鬼论质疑

陈独秀

吾国鬼神之说素盛，支配全国人心者，当以此种无意识之宗教观念最为有力。今之士大夫，于科学方兴时代，犹复援用欧美人之灵魂说，曲征杂引，以为鬼之存在，确无疑义，于是著书立说，鬼话连篇，不独己能见鬼，而且摄鬼影以示人。即好学尊疑之士，亦以远西性觉 Intuition（日本人译为直觉，或云直观，或云观照。吾以为即释家之所谓"自心现量"，乃超越感官之知觉也，与感觉 Sensibility 为对文）。哲学方盛，物质感觉以外，岂必无真理可寻？遂于不能以科学能释之鬼神问题，未敢轻断其有无。今予亦采纳尊疑主义，于主张无鬼之先，对于有鬼之说多所怀疑，颇期主张有鬼论者赐以解答。

吾人感觉所及之物，今日科学，略可解释。倘云鬼之为物，玄妙非为物质所包，非感觉所及，非科学所能解，何以鬼之形使人见，鬼之声使人闻？此不可解者一也。敢问。

鬼果形质俱备，惟非普通人眼所能见，则今人之于鬼，犹古人之于微生物，虽非人人所能见，而其物质的存在与活动，可以科学解释之，当然无疑。审是则物灵二元说，尚有立足之余地乎？此不可解者二也。敢问。

鬼若有质，何以不占空间之位置，而自生障碍，且为他质之障碍？此不可解者三也。敢问。

或云鬼之为物有形而无质耶？夫宇宙间有形无质者，只有二物：一为幻象，一为影像。幻为非有，影则其自身亦为非有。鬼既无质，何以知其为实有耶？此不可解者四也。敢问。

鬼既非质，何以言鬼者，每称其有衣食男女之事，一如物质的人间耶？此不可解者五也。敢问。

鬼果是灵，与物为二，何以各仍保其物质生存时之声音笑貌乎？此不可解者六也。敢问。

若谓鬼属灵界，与物界殊途，不可以物界之观念推测鬼之有无，而何以今之言鬼者，见其国籍语言习俗衣冠之各别，悉若人间耶？此不可解者七也。敢问。

人若有鬼，一切生物皆应有鬼，而何以今之言鬼者，只见人鬼，不见犬马之鬼耶？此不可解者八也。敢问。

（选自《陈独秀著作选》第1卷，上海人民出版社，1993年版）

辟《灵学丛志》

刘半农

由南而北之"丹田"谬说,余方出全力掊击之;掊击之效验未见,而不幸南方又有灵学会,若盛德坛,若《灵学丛志》出现。

陈百年先生以君子之道待人,于所撰《辟灵学》文中,不斥灵学会诸妖孽为"奸民",而姑婉其词曰"愚民";余则斩钉截铁,劈头即下一断语曰"妖孽",曰"奸民作伪,用以欺人自利"。

就余所见《灵学丛志》第一期观之,几无一页无一行不露作伪之破绽。今于显而易见者,除玄同所述各节外,略举一二,以判定此辈之罪状:

(一)所扶之乩,既有"圣贤仙佛"凭附,当然无论何人可以扶得,何以"记载"栏中,一则曰"扶手又生",

再则曰"以试扶手",甚谓"足征扶手进步,再练旬日,可扶《鬼神论》矣"及"今日实无妙手,真正难扶"云云。试问所练者何事?岂非作伪之技,尚未纯熟耶?此之谓"不打自招"!（杨璿《扶乩学说》中,言"扶乩虽童子或不识字者,苟宿有道缘,或素具虔诚之心,往往应验",正是自打巴掌。）

（二）玉英真人《国事判词》中,言"吾民处旁观地位……尚望在位者稍知省悟……庶有以苏吾民之困……"试问此种说话,岂类"仙人"口吻!想作伪者下笔失检,于不知不觉之中,以自己之身份,为"仙人"之身份,致露出马脚耳。

（三）《性灵卫命真经》之按语中,言"此经旧无译本,系祖师特地编成"。既称无译本,又曰特地编成,其自相矛盾处,三尺童子类能知之。然亦无足怪。米南宫之法帖,既可一变而为米占元,则本此编辑滑头书籍之经验,何难假造一部佛经耶?

（四）佛与耶与墨,教义各不相同,乃以墨子为佛耶代表,岂佛耶两教教徒,肯牺牲其教义以从墨子耶?且综观所请一切圣贤仙佛中,并无耶教教徒到台,请问墨子之为耶教代表,究系何人推定?又济祖师《宗教述略》中,开首便言"耶稣之说,并无精深之理,不足深究其故";中段又言耶教"盛极必招盈满之戒,如我教之当晦而更明也"。此明明是佛教与耶教起哄，墨子尚能以一人而充二教之代表耶？

（五）所请圣贤仙佛，杂入无数小说中人。小说中人，本为小说家杜撰，藉曰世间真有鬼，此等人亦决无做鬼之资格。而乃拖泥带水，一一填入，则作伪者之全无常识可知。吾知将来如有西人到坛，必可请福尔摩斯探案，更可与迦茵马克调弄风情也！

（六）简章第九条谓"每逢星期六，任人请求医方，或叩问休咎疑难"，此江湖党"初到扬名，不取分文"之惯技也。下言"但须将问题先交坛长坛督阅过，经许可后，方得呈坛"，此则临时作伪不可不经之手续，明眼人当谅其苦心！

（七）关羽卫瓘济颠僧等所作字画，均死无对证，不妨任意涂造，故其笔法，彼此相同，显系出自一人之手。惟岳飞之字，世间流传不少，假造而不能肖合，必多一破绽，故挖空心思，另造一种所谓"香云宝篆"之怪字代之，此所谓"鼯鼠五技而穷"。

（八）玉鼎真人作诗，"独行吟"三字，三易而成，吴稚晖先生在旁匿笑，乩书云："吾诗本随意凑成……不值大雅一笑也。"真人何其如此虚心，又何其如此老脸！想亦"扶手太生"，临场恍惚，致将拟就之词句忘却，再三修改，始能勉强"凑成"耳！

（九）丁福保以默叩事请答，乩书七绝一首，第一语为"红花绿柏几多年"，后三语模糊不能全读；后云："此本不可明言，因君以默祷我故，余亦以诗一首报。"以此与第六项所举参观之，未有不哑然失笑者。

以上九节，均为妖人作伪之铁证，益以玄同文中所述各节，吾乃深恨世间之无鬼，果有鬼者，妖人辈既出其种种杜撰之伎俩以污蔑之，鬼必盐其脑而食其魂！至妖人辈自造之谬论，如丁福保谓禽兽等能鬼，丁某似非禽兽，不知何由知之；又言鬼之行动如何，饮食如何，丁某似尚未坠入恶鬼道，不知何由知之（友人某君言："丁某谓身死之后，一切痛苦，皆与灵魂脱离关系；信如某言，世间庸医杀人，当是无上劝德"）；至俞复之谓"鬼神之说不张，国家之命遂促"；陆某之将其所作《灵魂与教育》之谬论，刊入《教育界》——《教育界》登载此文，正是适如其分；然使知识浅薄之青年见之，其遗毒如何？如更使外人调查中国事情者见之，其对于中国教育及中国人之人格所下之评判又如何？——则吾虽不欲斥之为妖言惑众，不可得矣！

虽然，彼辈何乐如此？余应之曰，其目的有二，而要不外乎牟利：

（一）为间接的牟大利，读者就其"记载"栏中细观之，当知其用意。

（二）为直接的牟小利，而利亦不甚小。中国人最好谈鬼，今有此技合嗜好之《灵学丛志》应运而生，余敢决其每期销数必有数千份之多，益以会友、会员、正会员、特别会员等年纳三元以至五十元之会费，更益以迷信者之"随意捐助"，岂非生财有大道耶？

呜呼！我过上海南京路吴舰光、倪天鸿之宅，每闻笙箫并奏，铙鼓齐鸣，未尝不服两瞽用心之巧，而深叹伏拜桌下之善男信女之愚！今妖人辈扩两瞽之盛业而大之，欲以全中国之士大夫为伏拜桌下之善男信女，想亦鉴夫他种滑头事业之易于拆穿，不得不谋一永久之生计。惜乎作伪之程度太低，洋洋十数万言之杂志，仅抵得《封神传》中"逆畜快现原形"一语！

一九一八年四月，北京

（选自《刘半农文选》，人民文学出版社，1986年版）

送灶日漫笔

鲁　迅

　　坐听着远远近近的爆竹声，知道灶君先生们都在陆续上天，向玉皇大帝讲他的东家的坏话去了，但是他大概终于没有讲，否则，中国人一定比现在要更倒楣。

　　灶君升天的那日，街上还卖着一种糖，有柑子那么大小，在我们那里也有这东西，然而扁的，像一个厚厚的小烙饼。那就是所谓"胶牙饧"了。本意是在请灶君吃了，粘住他的牙，使他不能调嘴学舌，对玉帝说坏话。我们中国人意中的神鬼，似乎比活人要老实些，所以对鬼神要用这样的强硬手段，而于活人却只好请吃饭。

　　今之君子往往讳言吃饭，尤其是请吃饭。那自然是无足怪的，的确不大好听。只是北京的饭店那么多，饭局那么多，莫非都在食蛤蜊，谈风月，"酒酣耳热而歌呜呜"么？不尽然的，的确也有许多"公论"从这些地方播种，只因为公论和请帖之间看不出蛛丝马迹，所以议论便堂哉皇哉了。但我的意见，却以为还是酒后的公论有情。人非木石，岂能一味谈理，碍于情面而偏过去了，在这里正有着人气息。况且中国是一向重情面的。何谓情面？明朝就有人解释过，曰："情面者，面情之谓也。"自然不知道他说什么，但也就可以懂得他说什么。在现今的世上，要有不偏不倚的公论，本来是一种梦想；即使是饭后的公评，酒后的宏议，也何尝不可姑妄听之呢。然而，倘以为那是真正老牌的公论，却一定上当，——但这也不能独归罪于公论家，社会上风行请吃饭而讳言请吃饭，使人们不得不虚假，那自然也应该分任其咎的。

记得好几年前，是"兵谏"之后，有枪阶级专喜欢在天津会议的时候，有一个青年愤愤地告诉我道：他们那里是会议呢，在酒席上，在赌桌上，带着说几句就决定了。他就是受了"公论不发源于酒饭说"之骗的一个，所以永远是愤然，殊不知他那理想中的情形，怕要到二九二五年才会出现呢，或者竟许到三九二五年。

然而不以酒饭为重的老实人，却是的确也有的，要不然，中国自然还要坏。有些会议，从午后二时起，讨论问题，研究章程，此问彼难，风起云涌，一直到七八点，大家就无端觉得有些焦躁不安，脾气愈大了，议论愈纠纷了，章程愈渺茫了，虽说我们到讨论完毕后才散罢，但终于一哄而散，无结果。这就是轻视了吃饭的报应，六七点钟时分的焦躁不安，就是肚子对于本身和别人的警告，而大家误信了吃饭与讲公理无关的妖言，毫不瞅睬，所以肚子就使你演说也没精采，宣言也——连草稿都没有。

但我并不说凡有一点事情，总得到什么太平湖饭店，撷英番菜馆之类里去开大宴；我于那些店里都没有股本，犯不上替他们来拉主顾，人们也不见得都有这么多的钱。我不过说，发议论和请吃饭，现在还是有关系的；请吃饭之于发议论，现在也还是有益处的；虽然，这也是人情之常，无足深怪的。

顺便还要给热心而老实的青年们进一个忠告，就是没酒没饭的开会，时候不要开得太长，倘若时候已晚了，那么，买几个烧饼来吃了再说。这么一办，总可以比空着肚子的讨论容易有结果，容易得收场。

胶牙饧的强硬办法，用在灶君身上我不管它怎样，用之于活人是不大好的。倘是活人，莫妙于给他醉饱一次，使他自己不开口，却不是胶住他。中国人对人的手段颇高明，对鬼神却总有些特别，二十三夜的捉弄灶君即其一例，但说起来也奇怪，灶君竟至于到了现在，还仿佛没有省悟似的。

道士们的对付"三尸神"，可是更利害了。我也没有做过道士，详细是不知道的，但据"耳食之言"，则道士们以为人身中有三尸神，到有一日，便乘人熟睡时，偷偷地上天去奏本身的过恶。这实在是人体本身中的奸细，《封神传演义》常说的"三尸神暴躁，七窍生烟"的三尸神，也就是这东西。但据说要抵制他却不难,因为他上天的日子是有一定的,只要这一日不睡觉,他便无隙可乘,只好将过恶都放在肚子里,再看明年的机会了。连胶牙饧都没得吃,他实在比灶君还不幸,值得同情。

三尸神不上天,罪状都放在肚子里;灶君虽上天,满嘴是糖,在玉皇大帝面前含含胡胡地说了一通,又下来了。对于下界的情形,玉皇大帝一点也听不懂,一点也不知道,于是我们今年当然还是一切照旧,天下太平。

我们中国人对于鬼神也有这样的手段。

我们中国人虽然敬信鬼神,却以为鬼神总比人们傻,所以就用了特别的方法来处治他。至于对人,那自然是不同的了,但还是用了特别的方法来处治,只是不肯说;你一说,据说你就是卑视了他了。诚然,自以为看穿了的话,有的也的确反不免于浅薄。

二月五日

(选自《鲁迅全集》第3卷,人民文学出版社,1981年版)

捣鬼心传

鲁　迅

中国人又很有些喜欢奇形怪状,鬼鬼祟祟的脾气,爱看古树发光比大麦开花的多,其实大麦开花他向来也没有看见过。于是怪胎畸形,就成为报章的好资料,替代了生物学的常识的位置了。最近在广告上所见的,有像所谓两头蛇似的两头四手的胎儿,还有从小肚上生出一只脚来的三脚汉子。固然,人有怪胎,也有畸形,然而造化的本领是有限的,他无论怎么怪,怎么畸,总有一个限制:孪儿可以连背,连腹,连臀,连胁,或竟骈头,却不会将头生在屁股上;形可以骈拇,枝指,缺肢,多乳,却不会两脚之外添出一只脚来,好像"买两送一"的买卖。天实在不及人之能捣鬼。

但是,人的捣鬼,虽胜于天,而实际上本领也有限。因为捣鬼精义,在切忌发挥,亦即必须含蓄。盖一加发挥,能使所捣之鬼分明,同时也生限制,故不如含蓄之深远,而影响却又因而模胡了。"有一利必有一弊",我之所谓"有限"者以此。

　　清朝人的笔记里,常说罗两峰的《鬼趣图》,真写得鬼气拂拂;后来那图由文明书局印出来了,却不过一个奇瘦,一个矮胖,一个臃肿的模样,并不见得怎样的出奇,还不如只看笔记有趣。小说上的描摹鬼相,虽然竭力,也都不足以惊人,我觉得最可怕的还是晋人所记的脸无五官,浑沦如鸡蛋的山中厉鬼。因为五官不过是五官,纵使苦心经营,要它凶恶,总也逃不出五官的范围,现在使它浑沦得莫名其妙,读者也就怕得莫名其妙了。然而其"弊"也,是印象的模胡。不过较之写些"青面獠牙""口鼻流血"的笨伯,自然聪明得远。

　　中华民国人的宣布罪状大抵是十条,然而结果大抵是无效。古来尽多坏人,十条不过如此,想引人的注意以至活动是决不会的。骆宾王作《讨武曌檄》,那"入门见嫉,蛾眉不肯让人;掩袖工谗,狐媚偏能惑主"这几句,恐怕是很费点心机的了,但相传武后看到这里,不过微微一笑。是的,如此而已,又怎么样呢？声罪致讨的明文,那力量往往远不如交头接耳的密语,因为一是分明,一是莫测的。我想假使当时骆宾王站在大众之前,只是攒眉摇头,连称"坏极坏极",却不说出其所谓坏的实例,恐怕那效力会在文章之上的罢。"狂飙文豪"高长虹攻击我时,说道劣迹多端,倘一发表,便即身败名裂,而终于并不发表,是深得捣鬼正脉的;但也竟无大效者,则与广泛俱来的"模胡"之弊为之也。

明白了这两例，便知道治国平天下之法，在告诉大家以有法，而不可明白切实的说出何法来。因为一说出，即有言，一有言，便可与行相对照，所以不如示之以不测。不测的威棱使人萎伤，不测的妙法使人希望——饥荒时生病，打仗时做诗，虽若与治国平天下不相干，但在莫明其妙中，却能令人疑为跟着自有治国平天下的妙法在——然而其"弊"也，却还是照例的也能在模胡中疑心到所谓妙法，其实不过是毫无方法而已。

捣鬼有术，也有效，然而有限，所以以此成大事者，古来无有。

十一月二十二日

（选自《鲁迅全集》第4卷，人民文学出版社，1981年版）

从拜神到无神

胡 适

一

> 纷纷歌舞赛蛇虫,
> 洒醴牲牢告洁丰。
> 果有神灵来护佑,
> 天寒何故不临工?

这是我父亲在郑州办河工时(光绪十四年,一八八八年)作的十首《郑工合龙纪事诗》的一首。他自己有注道:

> 霜雪既降,凡俗所谓"大王""将军"化身临工者,皆绝迹不复见矣。

"大王""将军"都是祀典里的河神，河工区域内的水蛇、虾蟆往往被认为大王或将军的化身，往往享受最隆重的祠祭礼拜。河工是何等大事，而国家的治河官吏不能不向水蛇、虾蟆磕头乞怜，真是一个民族的最大耻辱。我父亲这首诗不但公然指斥这种迷信，并且用了一个很浅近的证据，证明这种迷信的荒诞可笑。这一点最可表现我父亲的思想的倾向。

我父亲不曾受过近世自然科学的洗礼，但他很受了程颐、朱熹一系的理学的影响。理学家因袭了古代的自然主义的宇宙观，用"气"和"理"两个基本观念来解释宇宙，敢说"天即理也""鬼神者，二气（阴阳）之良能也"。这种思想，虽有不彻底的地方，很可以破除不少的迷信。况且程、朱一系极力提倡"格物穷理"，教人"即物而穷其理"，这就是近世科学的态度。我父亲作的《原学》，开端便说：

天地氤氲，百物化生。

这是采纳了理学家的自然主义的宇宙观。他作的《学为人诗》的结论是：

为人之道，非有他术：
穷理致知，反躬践实，
黾勉于学，守道勿失。

这是接受了程、朱一系"格物穷理"的治学态度。

这些话都是我四五岁时就念熟了的。先生怎样讲解，我记不得了，我当时大概完全不懂得这些话的意义。我父亲死得太早，我离开他时，还只是三岁小孩，所以我完全不曾受着他的思想的直接影响。他留给我的，大概有两方面：一方面是遗传，因为我是"我父亲的儿子"；另一方面是他留下了一点程朱理学的遗风，我小时跟着四叔念朱子的《小学》，就是理学的遗风；四叔家和我家的大门上都贴着"僧道无缘"的条子，也就是理学家庭的一个招牌。

我记得我家新屋大门上的"僧道无缘"条子，从大红色褪到粉红，又渐渐变成了淡白色，后来竟完全剥落了。我家中的女眷都是深信神佛的。我父亲死后，四叔又上任做学官去了，家中的女眷就自由拜神佛了。女眷的宗教领袖是星五伯娘，她到了晚年，吃了长斋，拜佛念经，四叔和三哥（是她过继的孙子）都不能劝阻她，后来又添上了二哥的丈母，也是吃长斋念佛的，她常来我家中住。这两位老太婆做了好朋友，常劝诱家中的几房女眷信佛。家中人有病痛，往往请她们念经许愿还愿。

二哥的丈母颇认得字，带来了《玉历钞传》《妙庄王经》一类的善书，常给我们讲说目连救母游地府、妙庄王的公主（观音）出家修行等故事。我把她带来的书都看了，又在戏台上看了《观音娘娘出家》全本连台戏，所以脑子里装满了地狱的惨酷景象。

后来三哥得了肺痨病，生了几个孩子都不曾养大。星五伯娘常为三哥拜神佛，许愿，甚至于招集和尚在家中放焰口超度冤魂。三哥自己不肯参加行礼，伯娘常叫我去代替三哥跪拜行礼。我自己年幼，身体也很虚弱，多病痛，所以我母亲也常请伯娘带我去烧香拜佛。依家乡的风俗，我母亲也曾把我许在观音菩萨座下做弟子，还给我取了个佛名，上一字是个"观"字，下一字我忘了。我母亲爱我心切，时时教我拜佛拜神总须诚心敬礼。每年她同我上外婆家去，十里路上所过庙宇路亭，凡有神佛之处，她总教我拜揖。有一年我害肚痛，眼睛里又起翳，她代我许愿：病好之后亲自到古塘山观音菩萨座前烧香还愿。后来我病好了，她亲自跟伯娘带了我去朝拜古塘山。山路很难走，她的脚是终年疼的，但她为了儿子，步行朝山，上山时走几步便须坐下歇息，却总不说一声苦痛。我这时候自然也是很诚心地跟着她们礼拜。

我母亲盼望我读书成名，所以常常叮嘱我每天要拜孔夫子。禹臣先生学堂壁上挂着一幅朱印石刻的吴道子画的孔子像，我们每晚放学时总得对他拜一个揖。我到大姊家去拜年，看见了外甥章砚香（比我大几岁）供着一个孔夫子神龛，是用大纸匣子做的，用红纸剪的神位，用火柴盒子做的祭桌，桌子上贴着金纸剪的香炉烛台和供献，神龛外边贴着许多红纸金纸的圣庙匾额对联，写着"德配天地，道冠古今"一类的句子。我看了这神龛，心里好生羡慕，回到家里，也造了一座小圣庙。我在家中寻到了一只燕窝匣子，做了圣庙大庭；又把匣子中间挖空一方块,用一只午时茶小匣子糊上去,做了圣庙的内堂,堂上也设了祭桌、神位、香炉、烛台等等。我在两箱又添设了颜渊、子路一班圣门弟子的神位,也都有小祭桌。我借得了一部《联语类编》,抄出了许多圣庙联匾句子,都用金银锡箔做成匾对,请近仁叔写了贴上。这一座孔庙很费了我不少的心思。我母亲见我这样敬礼孔夫子,她十分高兴,给我一张小桌子专供这神龛,并且给我一个铜香炉;每逢初一和十五,她总教我焚香敬礼。

这座小圣庙,因为我母亲的加意保存,到我二十七岁从外国回家时,还不曾毁坏。但我的宗教虔诚却早已摧毁破坏了。我在十一二岁时便已变成了一个无神论者。

二

有一天,我正在温习朱子的《小学》,念到了一段司马温公的家训,其中有论地狱的话,说:

> 形既朽灭,神亦飘散,虽有剉烧舂磨,且无所施。……

我重读了这几句话,忽然高兴地直跳起来。《目连救母》《玉历钞传》等书里的地狱惨状,都呈现在我眼前,但我觉得都不怕了。放焰口的和尚陈设在祭坛上的十殿阎王的画像和十八层地狱的种种牛头马面用钢叉把罪人叉上刀山、叉下油锅、抛下奈何桥下去喂饿狗毒蛇——这种种惨状也都呈现在我眼前,但我现在觉得都不怕了。我再三念这句话:"形既朽灭,神亦飘散,虽有剉烧舂磨,且无所施。"我心里很高兴,真像地藏王菩萨把锡杖一指,打开地狱门了。

这件事我记不清在哪一年了,大概在十一岁时。这时候,我已能够自己看古文书了。禹臣先生教我看《纲鉴易知录》,后来又教我改看《御批通鉴辑览》。《易知录》有句读,故我不觉吃力。《御批通鉴辑览》须我自己用朱笔点读,故读得很迟缓。有一次二哥从上海回来,见我看《御批通鉴辑览》,他不赞成,他对禹臣先生说,不如看《资治通鉴》。于是我就点读《资治通鉴》了。这是我研究中国史的第一步。我不久便很喜欢这一类的历史书,并且感觉朝代、帝王、年号的难记,就想编一部《历代帝王年号歌诀》!近仁叔很鼓励我做此事,我真动手编这部七字句的历史歌诀了。此稿已遗失了,我已不记得这件野心工作编到了哪一朝代。但这也可算是我的"整理国故"的破土工作。可是谁也想不到司马光的《资治通鉴》竟会大大地影响我的宗教信仰,竟会使我变成一个无神论者。

有一天,我读到《资治通鉴》第一百三十六卷,中有一段记范缜(齐梁时代人,死时约在西历五一〇年)反对佛教的故事,说:

缜又著《神灭论》,以为:"形者神之质,神者形之用也。神之于形，犹利之于刀；未闻刀没而利存，岂容形亡而神在哉！"此论出，朝野喧哗，难之终不能屈。

我先已读司马光论地狱的话了，所以我读了这一段议论，觉得非常明白，非常有理。司马光的话教我不信地狱，范缜的话使我更进一步，就走上了无鬼神的路。范缜用了一个譬喻，说形和神的关系就像刀子和刀口的锋利一样；没有刀子，便没有刀子的"快"了；那么，没有形体，还能有神魂吗？这个譬喻是很浅显的，恰恰合一个初开知识的小孩子的程度，所以我越想越觉得范缜说得有道理。司马光引了这三十五个字的《神灭论》，居然把我脑子里的无数鬼神都赶跑了。从此以后，我不知不觉地成了一个无鬼无神的人。

我那时并不知道范缜的《神灭论》全文载在《梁书》（卷四十八）里，也不知道当时许多人驳他的文章保存在《弘明集》里。我只读了这三十五个字，就换了一个人。大概司马光也受了范缜的影响，所以有"形既朽灭，神亦飘散"的议论；大概他感谢范缜，故他编《资治通鉴》时，硬把《神灭论》摘了最精彩的一段，插入他的不朽的历史里。他绝想不到，八百年后这三十五个字竟感悟了一个十一二岁的小孩子，竟影响了他一生的思想。

《资治通鉴》又记述范缜和竟陵王萧子良讨论"因果"的事，这一段在我的思想上也发生了很大的影响。原文如下：

子良笃好释氏，招致名僧，讲论佛法。道俗之盛，江左未有。或亲为众僧赋食、行水，世颇以为失宰相体。

范缜盛称无佛。子良曰："君不信因果，何得有富贵贫贱？"缜曰："人生如树花同发，随风而散。或拂帘幌，坠茵席之上；或关篱墙，落粪溷之中。坠茵席者，殿下是也；落粪溷者，下官是也。贵贱虽复殊途，因果竟在何处！"子良无以难。

这一段议论也只是一个譬喻，但我当时读了只觉得他说得明白有理，就熟读了记在心里。我当时实在还不能了解范缜的议论的哲学意义。他主张一种"偶然论"，用来破坏佛教的果报轮回说。我小时听惯了佛家果报轮回的教训，最怕来世变猪变狗，忽然看见了范缜不信因果的譬喻，我心里非常高兴，胆子就大得多了。他和司马光的神灭论教我不怕地狱，他的无因果论教我不怕轮回。我喜欢他们的话，因为他们教我不怕。我信服他们的话，因为他们教我不怕。

- 三

我的思想经过了这回解放之后，就不能虔诚拜神拜佛了。但我在我母亲面前，还不敢公然说出不信鬼神的议论。她教我上分祠里去拜祖宗，或去烧香还愿，我总不敢不去，满心里的不愿意，我终不敢让她知道。

我十三岁的正月里，我到大姊家去拜年，住了几天，到十五日早晨，才和外甥砚香同回我家去看灯。他家的一个长工挑着新年糕饼等物事，跟着我们走。

半路上到了中屯外婆家，我们进去歇脚，吃了点心，又继续前进。中屯村口有个三门亭，供着几个神像。我们走进亭子，我指着神像对砚香说："这里没有人看见，我们来把这几个烂泥菩萨拆下来抛到茅厕里去，好吗？"

这样突然主张毁坏神像，把我的外甥吓住了。他虽然听我说过无鬼无神的话，却不曾想到我会在这路亭里提议实行捣毁神像。他的长工忙劝阻我道："糜舅，菩萨是不好得罪的。"我听了这话，更不高兴，偏要拾石子去掷神像。恰好村子里有人下来了。砚香和那长工就把我劝走了。

我们到了我家中，我母亲煮面给我们吃，我刚吃了几筷子，听见门外锣鼓响，便放下面，跑出去看舞狮子了。这一天来看灯的客多，家中人都忙着照料客人，谁也不来管我吃了多少面。我陪着客人出去玩，也就忘了肚子饿了。

晚上陪客人吃饭，我也喝了一两杯烧酒。酒到了饿肚子里，有点作怪。晚饭后，我跑出大门外，被风一吹，我有点醉了，便喊道："月亮，月亮，下来看灯！"别人家的孩子也跟着喊："月亮，月亮，下来看灯！"

门外的喊声被屋里人听见了，我母亲叫人来唤我回去。我怕她责怪，就跑出去了。来人追上去，我跑得更快。有人对我母亲说，我今晚喝了烧酒，怕是醉了。我母亲自己出来唤我，这时候我已被人追回来了。但跑多了，我真有点醉了，就和他们抵抗，不肯回家。母亲抱住我，我仍喊着要月亮下来看灯。许多人围拢来看，我仗着人多，嘴里仍旧乱喊。母亲把我拖进房里，一群人拥进房来看。

这时候，那位跟我们来的章家长工走到我母亲身边，低低地说："外婆（他跟着我的外甥称呼），糜舅今夜怕不是吃醉了吧？今天我们从中屯出来，路过三门亭，糜舅要把那几个菩萨拖下来丢到茅厕里去。他今夜嘴里乱说话，怕是得罪了神道，神道怪下来了。"

这几句话，他低低地说，我靠在母亲怀里，全听见了。我心里正怕喝醉了酒，母亲要责罚我；现在我听了长工的话，忽略想出了一条妙计。我想："我胡闹，母亲要打我；菩萨胡闹，她不会责怪菩萨。"于是我就闹得更凶，说了许多疯话，好像真有鬼神附在我身上一样！

我母亲着急了，叫砚香来问，砚香也说我日里的确得罪了神道。母亲就叫别人来抱住我，她自己去洗手焚香，向空中祷告三门亭的神道，说我年小无知，触犯了神道，但求神道宽宏大量，不计较小孩的罪过，宽恕了我。我们将来一定亲到三门亭去烧香还愿。

这时候，邻舍都来看我，挤满了一屋子的人，有些妇女还提着"火筒"（徽州人冬天用瓦炉装炭火，外面用篾丝作篮子，可以随身携带，名为火筒），房间里闷热得很。我热得脸都红了，真有点像醉人。

忽然门外有人报信，说："龙灯来了，龙灯来了！"男男女女都往外跑，都想赶到十字街口去等候看灯。一会儿，一屋子的人都散完了，只剩下我和母亲两个人。房里的闷热也消除了，我也疲倦了，就不知不觉地睡着了。

母亲许的愿好像是灵应了。第二天，她教训了我一场，说我不应该瞎说，更不应该在神道面前瞎说。但她不曾责罚我，我心里高兴，万想不到我的责罚却在一个月之后。

过了一个月，母亲同我上中屯外婆家去。她拿出钱来，在外婆家办了猪头供献，备了香烛纸钱，她请我母舅领我到三门亭里去谢神还愿。我母舅是个虔诚的人，他恭恭敬敬地摆好供献，点起香烛，陪着我跪拜谢神。我忍住笑，恭恭敬敬地行了礼——心里只怪我自己当日扯谎时不曾想到这样比挨打还更难为情的责罚！

直到我二十七岁回家时，我才敢对母亲说那一年元宵节附在我身上胡闹的不是三门亭的神道，只是我自己，母亲也笑了。

一九三〇年十二月廿五日，在北京

（选自《四十自述》，亚东图书馆，1933年版）

谈迷信之类

茅　盾

辛亥革命的"前夜",乡村里读"洋书"的青年人有被人侧目的"奇形怪状"凡三项:一是辫发截短了一半,末梢蓬松,颇像现在有些小姑娘的辫梢,而辫顶又留得极小,只有手掌似的一块,四围便是极长的"刘海";二是白竹布长衫,很短,衣袖腰身都很窄小,裤脚管散着;三呢,便是走路直腿,蒲达蒲达地像"兵操",而且要是两三个人同走,就肩挨肩地成为一排。

当时这些年轻人在乡间就成为"特殊阶级"。而他们确也有许多特殊的行动。最普通的便是结伴到庙里去同和尚道士辩难,坐在菩萨面前的供桌上,或者用粉笔在菩萨脸上抹几下。碰到迎神赛会,他们更是大忙而特忙:他们往往挤在菩萨轿子边说些不尴不尬的话,乘人家一个眼错,就把菩萨头上的帽子摘了下来,藏在菩萨脚边,或者把菩萨的帽子换了个方向,他们则站在一旁拍掌大笑。

当时的青年"洋"学生好像不自觉地在干着"反宗教运动",他们并没有什么组织,什么计划,他们的行动也很幼稚可笑,然而他们的"朝气"教人永远不能忘却。他们对于宗教的认识,自然很不够,可是他们的反对"迷信",却出自一片热忱,一股勇气,所以乡下的迷信老头子也只好摇着头说:"这些天不怕地不怕的小伙子,菩萨也要让他们几分了!"

去年我到乡下去养病,偶然也观光了"青天白日"下的"新政",看见一座大庙的照墙上赫然写着油漆的标语:"省政府十戒。"其中第一条就是戒迷信!庙前的戏台上原来有一块"以古为鉴"的横额,现在也贴上了四块方纸,大书着"天下为公",两边的木刻对联自然也改穿新装,一边是"革命尚未成功",一边当然是"同志仍须努力"了。这种面目一新的派头,在辛亥革命时代是没有的,于是我微笑,我感到"时代"是毕竟不同了!

然而后来我又发现庙里新添的许多善男信女供献的匾额中有一方写着"信士某某率子某某"者,原来就是二十五年前"菩萨也要让着几分"的"洋"学生。他现在皈依在神座下了!并且他"率子某某"皈依了!并且我也看不见二十五年前蒲达蒲达地直了腿走路的年轻人在乡间和菩萨捣乱了!从前那个"洋学堂"只有几十个学生,现在是几百了,可是他们都没有什么"奇形怪状"。他们大都是中产阶级的子弟,也和二十五年前的一样。不过他们和二十五年前的"前辈先生"显然有点不同,就在他们所唱的歌曲上也可以看出来了:从前是"男儿志气高,年纪不妨小"，而现在却是"毛毛雨"了！于是我又微笑，我不很明白这到底也是不是"时代"不同了么？

从前和菩萨捣乱的青年人读《古文观止》，做《秦始皇汉武帝合论》，知道地是圆的球形，知道"中国"实在并不居天下之中，知道富强之道在于船坚炮利——如此而已。他们的头脑实在远不及现在的年轻人，然而他们和当时社会及至家庭的"思想冲突"却又远过于现在的年轻人。近年来中国是"进步"了，簇新的标语，应时应节的宣传纲领，——例如什么纪念日的什么"国货运动周""航空救国周""拒毒运动周"等等，都轮流贴满了乡村里小茶馆的泥墙。正所谓"力图建设"，和二十五年前的空气相差十万八千里。这在认识不足的年轻人看来，当然觉得自己和社会之间没有什么了不起的不调和。而况他们的家庭既不禁止他们进学校，也不禁止他们自由结婚。

并且即使有些不顺眼的事情也都以堂皇的名义来公开实行，即如小小的迎神赛会亦何尝不在迷信之外另找一个冠冕堂皇的名目——振兴市面。

今年大都市里天天嚷着"农村破产""救济农村"。于是"振兴农村"的棉麦借款就应运而生。乡村间也要"振兴市面"的，恰好今夏少雨，于是祈雨的迎神赛会也应运而生。一个乡镇的四条街各自举行了一次数十年来未有的大规模的迎神赛会。一位"会首"说："我们不是迷信，借此振兴市面而已！"这句话自然开通之至。因而假使有些"读洋书"的年轻人夹在中间帮忙，也就"合理"得很。

迎神赛会总共闹了一个月光景，而且一次比一次"更见精彩"。听说也花了万把块呢。然而茶馆酒店的"市面"却也振兴了些。有人估计，赛会的一个月中，邻近乡镇来看热闹的人，总共也有万把人；每人花费两元，就有两万元，也就是"市面"上多做了两万元的生意。这在市面清淡的现今，真所谓不无小补。

有一位"躬与其盛"的先生对我说："最热闹的一夜，四条街都挤满了人，约有十万的看客。轮船局临时添了夜班，航船和快班船也添了夜班，甚至有一夜两班的。有几个邻镇向来没有轮船交通，此时也都开了临时特班轮。"

所以把一切费用都算起来，在赛会的一个月间，市面上至少多做了十万元的生意。这点数目很可使各业暂时有起色，然而对于米价的低落还是没有关系。结果，赛会是赛过了，雨也下过了，农民的收成据说不会比去年坏，不过明年的米价也许比今年还要贱些呢……。

（选自《茅盾散文速写集》，人民文学出版社，1980年版）

谈狐仙

唐弢

我忝生在中国,耳朵里听惯了狐仙的事迹,而且也确曾碰见过几只类似传说的狐仙。因此肚子里有些疙瘩,万一不吐,怕会害上忧郁病,跳进黄浦江去,有负"爱惜民命"者在江边钉立木牌的盛意。

但我所知道的终究有限。据说狐是狡猾的东西,种类甚繁,大别为二,即是华狐和洋狐。洋狐不一定是仙,虽然《伊索寓言》里的狐也会讲话,但这明明是寓言,是假托。华狐则不然,在中国,没有狐则已,一有狐,那就非仙不可!

狐仙的形成,由于苦心修炼的很少,大都是取法采补:化成油头滑脑的"洵美且都"的小白脸,身上洒些外国香水,掩去一身狐臭,再用国产宫粉把脸皮搽得厚厚的,尾巴藏在裤裆里,放出种种媚态,专向一般入世未深、青春的活力正在奔腾的贞男和处女进攻。为着在自己名下添一个仙字,不惜把青年们强奸得面黄肌瘦，形销骨立，终至一命呜呼，这便是狐仙的伎俩。

有些不肯相信狐仙的硬汉子，就往往受它的捉弄。它不顾事实，高兴玩就玩。放火烧去人家的眉毛，把马桶套在人家的头上，等等，总之，幸灾乐祸，卑鄙龌龊，唯有它干得最巧妙。

附庸风雅，哼几句"我爱你爱"的肉麻诗，也是它的拿手，要是你明明白白地指出它不通，它就会恼羞成怒，老远地飞一块砖瓦过来，打得你头破血流。

仙人本来是六根清净的，但狐仙却喜欢挤在人丛里捣乱，一直到被人们捉住了尾巴。

这便是狐仙，由狡猾的狐狸变成的狐仙！

一九三三年八月二十八日

（选自《唐弢杂文集》，生活·读书·新知三联书店，1984年版）

土地和灶君

唐弢

据说中国人是欺善怕恶的,连对待鬼神也不能免。凶恶的如火神判官之类,奉承惟恐不周;老实至于像土地和灶君,那就随时都有被欺的可能了。

但也不能说没有例外。譬如财神,并不像火神判官那样可怕,却同样受着殷勤的供奉。这,自然是欺善怕恶之外的"另一问题"。

土地,是并不具备这"另一问题"的。

这土老儿,生来既没有血盆似的口、铜铃似的眼,又不曾操人们生死之权。虽然是神,却常常受人驱使。忠臣落难,善士遭殃,甚至一个无所表现的庸人,只要心地好,遇有危险,土地也得四处奔走,寻求解救的方法。这种忠于公理、努力为低下层人们服务的,在中国,至少在目前的中国,是不被重视的!

由于不被重视,接着就受揶揄起来。

土地不常有庙，即使有，也只鸡埘那么一间。一年到头，从没有香火旺盛的时候，善男信女的布施，是不会到这土老儿头上来的。并不是醉心洋化、爱学外国小姐的时髦，可是土地的面上，却纱巾似的笼着蜘蛛网。

这样，模模糊糊，他抬起头来，便只看得见太阳照到的地方。

至于灶君，也是一位好好菩萨，虽然不是为着要救国，却长年坐在火炕上，鼻子对着烟囱，好比口衔烟斗，与论语派诸贤有同好。眼看脚下一碗荤一碗素地煮好，端出，甜咸酸辣，味道也尽有好的，他却没有份；但人们吃了以后，万一肚痛起来，却还得怪他，不是说"肚痛埋怨灶君"吗？

一到送灶那天，灶君照例要到天堂去兜一转，向玉皇大帝报告善恶。聪敏的人们就替灶君饯行，吃了几只糍粑，两片嘴唇全给糊住，再也张不开来。到得玉皇大帝面前，只能指手画脚地哑哑一阵，就此了事。

给蜘蛛网罩住的眼睛再也看不到黑暗，给糍粑糊住的嘴唇再也说不出善恶。时代，便在这上面停住了，静静地。

一九三三年九月一日

（选自《唐弢杂文集》，生活·读书·新知三联书店，1984年版）

白昼见鬼
——半间楼闲话

薰 宇

前个四五天上海各报载过一则白昼见鬼的新闻：有一个鞋匠在光天化日之下遇着四个鬼，被拖下黄浦江去。新闻记者先生们用他们的老手法夹叙夹议地把这段怪闻叙述出来，而归结到它可供科学家的研究。

在中国，科学还算得摩登，虽是比不了姑娘们的赤腿。不过科学、研究科学和研究科学的科学家，似乎是三件各不相关的东西：造牙粉、造肥皂……——科学，中学生、大学生读的数学的、物理的……教科书——研究科学，国内或国外的理工科大学毕业生——科学家。研究科学为的是成科学家，已成科学家的不用再研究科学，所以中国永远没有真的科学，除了造牙粉的造肥皂的……，也就为此，中国人不但夜晚见鬼，白昼也见鬼。

现在有没有科学家在埋头研究鬼,无从知道,不过像科学灵乩一流,却充不来数;而白昼见鬼这类的新闻,也不足供科学家的研究。科学家的研究,第一个仇敌便是"以耳代目",和它对抗的便是观察和实验,从观察和实验中得到真凭实据。事实已过去了,既莫由观察,也无从实验,只好归到"信之则有,不信则无"中,从那儿研究起。

科学家否定鬼,将这些现象归到见鬼的人的神经错乱,但这不能使人相信,因为他们会举出些无从证实的反证来。本来单是这么地否定还不够,假如能照样用人工造出鬼来,那就由不得你不相信了。没有懂得天体运行的法则的时期,你可以说月食是天狗吃月。没有懂得电的作用的时期,你可以想象天空中有个雷公还有个电母。然而现在什么时候要月食,食的情况怎样,从几点几分钟起到几点几分钟止,照了科学的法则都可以预先告诉你,这总不能说人会给月和天狗推算流年,由不得你不相信天体运行的科学。用了电可造车,造灯,传像,传话,知道怎样可以不触电,怎样可以用电处死人,到了这境地再也不得不否定雷公和电母。

关于鬼,虚心点儿说,——科学家最需要虚心——除了神经错乱所造成的以外,即或还有人力尚不能理解和处置的一部分,那也只是天体力学未成立时的天狗,电学未昌明时的雷公电母。宇宙间也许正有比电力还微妙的另一种或几种力存在,是科学家还不会触到的。

然而这不可用来拥护吞烟鬼、吊死鬼、落水鬼之类。几个月以前，淞沪路上发生过一件摩登女郎投到轨道上给火车轧死的惨事。许多人就归到是鬼讨替身，和吞烟、吊死、落水的一般。讨替身也者，屈死鬼找一个顶缺的人，好让自己投生也。人死为鬼以及鬼还要投生为人，这是否确实可信姑且放下，单以轧死鬼而论，也就无存在之理。先有火车而后有轧死鬼，这是顺理成章的推断。既然如此，就不免有第一个轧死鬼。轧死是讨替身，这第一个轧死的创造者，是谁拖去做替身的？讨替身之说，既不可通，则吞烟、吊死、落水与鬼无关，很是明白。而除了讨替身，吞烟鬼、吊死鬼、落水鬼，又从没有露过面，这些鬼的存在用不到否定，也只好归于被否定了。

提倡科学，在中国已有几十年，而就是今年，上午报纸上虽登载着月食的预告，夜晚全上海还是鼓锣喧阗，火炮连天。学过生理卫生乃至人体解剖的，一到生了病，仍旧相信阴阳五行，生克治化，甚而至于倒水饭、吞香灰。灾荒来了，活佛、天师、牧师一例请来祈祷。

在这乌烟瘴气的景况中，我想：要谈科学，先得驱鬼。不然你尽管把飞机、无线电……说得有条有理，总及不来封神榜、七侠五义之类的神通广大，而免不了依然白昼见鬼！

（选自1934年9月20日《太白》第1卷第1期）

迷信
——瓮牖剩墨之八

王 力

  人类之所以有迷信的举动，无非为的是求福和除灾。求福是积极的，除灾是消极的，迷信毕竟是偏于消极方面。譬如你劝一个乡下人说"如果你要发财，只须去祈求某神"，他不一定相信你；等到他的儿子病重的时候，你再劝他去祈求那神，他就非信从你的话不可了。假使人类没有对死的恐怖，迷信的事情就会消灭了一大半，我相信。

  世间的事情，要算迷信界最没有办法；同时，也要算迷信界最有办法。说最没有办法，因为"阎王注定三更死，谁人敢留到五更？"说最有办法，却是因为迷信的人或主持迷信的人能随心所欲，创造许多事物。普通总说是神造人，其实在迷信界却是人造神。自从中国有了科举，道家就创造一个梓潼帝君（文昌）来适应文人的需要；从中国佛教兴盛之后，释家因要迎合国人求嗣的心理，就创造一个"送子观音"。人怕鬼，因而想起鬼一定也怕"鬼中之鬼"。于是道士们妙想天开，又造出"人死为鬼，鬼死为聻"的学说来了，只要门上贴一张"聻"字符，表示"鬼中之鬼在此"，鬼看见了就不敢进去。此外，道士们可以自封大官，擅发护照，锡箔店可以发行元宝和钞票，这不都可以说是随心所欲吗？

说起鬼神，首先令人联想到香。焚香的风俗是中国上古所没有的，后来它才跟着佛教传入中国。道士们的焚香，又是跟和尚学来的。在民众的眼光看来，香的效力很大。我们那边的俗话说："狗屎受了三天的香火就有神。"无论祭祖、拜神、求佛，必须先焚香然后可以磕头；据说正式的诅咒也须焚香，否则只是吓吓生人而已，鬼神绝不理会那些不焚香的诅咒。我生平只见过一个不守规则的道士：他给人家"送鬼"的时候，一面问主人要香烛和洋火，一面先喃喃作咒起来，等到香烛点着，祭品摆好，他已经收了谢礼，向主人告辞了。这因为他生意太好的缘故，是不足为训的。

中国人的祈禳显然是一种贿赂。猪头三牲给神吃了还不算，再送上若干"元宝"。既是贿赂，穷人或悭吝人就要吃亏。譬如打官司的两造[①]都向某神许愿，一定是鸡肥猪头大的一方面得到胜利；又如某人病重，他的妻儿求神希望他好，他的仇人求

---

① 两造指打官司的原告、被告双方。

神希望他死，如果所求的是同一个神，那人的死活就是看元宝的大小多少而定。但是，除了贿赂之外，人们还有对付鬼神的办法。关亡魂的时候，如果鬼不肯说实话，可以用绳子绑缚着他（其实是男巫或女巫），逼他吐实。每年腊月二十三日，灶君照例要上天报告人间的善恶，人们除了给他相当的贿赂之外，还拿"糖元宝"糊在他的嘴上，让他在玉皇跟前张不开口。

祭祀祖先，向来不归入迷信一类。生前既然应该赡养，死后的祭祀自不能谓之贿赂。"祭神如神在"，所以向来反对释道的人也很虔诚地奉祭祖先。但是，有些事情似乎是超出"祭义"之外的，叫做迷信也未尝不可。譬如中元节，它是起源于道教和佛教。直到现在，还是很盛行的。北平的北海每年七月十五日的晚上，漪澜堂和五龙亭挤满了人。莲花灯未必真的好看，团圞明月底下的红男绿女却是一年到头看不到的。超度阵亡将士是用这一日，北平大学医学院致祭被解剖的人似乎也是用这一日。据说中元节是鬼节，地狱里的鬼蒙恩放假一天。人们自然不肯承认自己的祖宗是地狱里的鬼，但是不妨趁此也祭一祭他们；万一他们当中真有陷在地狱里的，也因此得到好处。我童年的时代，每逢中元就很忙，要帮助大人凿纸钱、折元宝、印马匹……祖母和母亲也忙着做纸衣服。这样大约要忙一个礼拜。有一篇祭文，不知是谁传下来的，因为声调铿锵，我就记在心里，现在还背得出来。大概说的是："时维七月，序属中元。地官于焉纵狱，时王以此祭孤。念我已往先灵，生不失为全人，殁必膺夫异数。或待诏乎天上，或修职乎土司；或徜徉乎广寞之乡，或逍遥乎极乐之国……能不凄怆焄蒿，绥我思成也哉？……"直到如今，我仍旧认为这一篇祭文做得非常得体。

由上面的一篇"四六"看来，可见文人也免不了迷信。几年前，有人看见一位大学教授在妙峰山上磕头，传为笑柄。这种事在三十年前并不为奇。我在童年时代还看见家里有《太上感应篇》和《阴骘文》。最有趣的是一种"功过格"。做某一件善事记大功一次或小功一次，做某一件恶事记大过一次或小过一次。这些都在"功过格"里有明文规定的。执行记过者就是自己。年终时做一统计，如果过多于功，必须痛改前非，否则将遭天谴。实际上，文人之所以这样做，大半由于科举。科举是无凭的，所谓"不要文章高天下，只要文章中试官"。于是他们相信冥冥中有主宰者在。他们宁愿不奉财神，却不能不奉文昌，就是这个缘故。

一般人的迷信自然比文人又深一层，于是有"苦肉计"。"苦肉计"者，自己故意先找些苦头，希望因此得到神佛的怜悯也。妙峰山每年进香的时节，总有人从山脚下五步一跪、三步一拜的，直拜到山顶。江浙一带更有所谓"戳肉撑炉"。当在神佛"出会"或祈雨的日子，诚心的信士用几个铁钩钩在手臂上，铁钩下面挂着香炉。据说若是诚心的人，戳破了的肉会很快地收口的，否则有溃烂的可能。此外又有人舍身为罪犯，穿着红衣红裤跟着神佛走。非但迷信的人喜欢用苦肉计，连主持迷信的人也爱用它。道士们会用刀划破手臂，取些血给病人吃。苦肉计也有出于孝心的，如卧冰求鲤、割股疗亲之类。报载现代的大学生当中也还有人割股，此乃古道尚未完全沦亡之证。

"不孝有三，无后为大"，中国人求嗣心切，非任何民族所能及。广东戏跳了加官之后，跟着就来一个"仙姬送子"。求嗣的人，除了拜恳送子观音之外，还不惜访求良方。据说某一个地方的女人如果久不生育，就设法找到一个胞衣，烤熟了吃下去，有神效。医者意也，此医卜星相之所以并称欤？生了女儿还不怎么样，生了儿子就想尽方法不让他死亡。依某一种人的看法，儿童的夭折就是不肯跟随这一对父母而要另行投胎的表示，所以做父母的应该羁縻住他。给他戴上项圈还不够，最好再加上一副金锁。手链脚镣，应有尽有。最特别的是以铜穿鼻，把他当做牛一般地豢养，头上有福禄寿三星或八仙贺寿的帽子，身上有八卦和咒语的包被，把儿童保护得无微不至。名称上也有斟酌：最好的是避免承认儿子。我们家乡的人喜欢教小孩叫父亲做叔父或伯父，叫母亲做奶娘或婶娘，把儿子命名为阿妹，因为不承认他是男的；又有人命名为阿狗，简直不承认他是人。江浙人所谓阿毛，其实就是阿猫，和阿狗同一用意。如果先养女儿，喜欢把她叫做跟弟和招弟之类，希望她领一个兄弟来投胎。——这样宝贵小国民和重视男性，所以抗战四年有余，并不愁缺乏壮丁。

医卜星相之中，医是"升格"了，不在讨论之列。相面最有变化，因为世上没有面貌完全相同的人。麻衣相法绝不是完备的书，相士中的名流都能"神而明之"，相术超出于此书之外。星命的变化就少了，其法以诞生的年月日时的干支相配，共成"八字"，以定吉凶。这种变化是有限的，数学家可以即刻告诉咱们"八字"共有多少可能性。关于占卜之术，我只懂得两种：第一种是通俗化的"六壬"，即大安、留连、速喜、赤口、小吉、空亡。其法以月日的数目相加，再加上时辰的顺序，然后依上述"大安"至"空亡"的次序数去即得。这自然比"八字"更少变化。第二种是"金钱课"，以六十四卦为根据。其法用铜钱三枚作法，如得一字二背，即作一画（阳爻）；如得二字一背，即作二画（阴爻）；如得三背，即作一圈（阳变）；如得三字，即作一叉（阴变）。共摇钱六次，得六爻，然后依法占之。这种卜卦法虽比较的变化多些，然而其变化的可能性仍旧是算得出来的。至于测字，可能性更少了，因为常用字不过二三千个。但是，术士之中不乏聪明的人，他对于这种有限的变化也有很聪明的解释。试看下面的三个故事：（一）一个宰相和一个铁匠的"八字"完全相同，但是，这"八字"是"五行欠水"的。那宰相生在船上，有水相济，所以做了大官；那铁匠生在炉边，非但欠水，而且加火，所以没有出息。（二）一个秀才拈了一个"串"字，测字的人断定他连中两榜；同行的另一秀才仍拈"串"字，测字的人却断定他家有丧事，因为有"心"拈"串"就成"患"字了。（三）某皇帝微服出游，见一个人拈"帛"字，测字的人断定他有丧事，因为"白巾"就是戴孝，那皇帝跟着也拈"帛"字却被识破是皇帝，因为"帛"字是"皇头帝脚"。——咱们千万别和江湖术士辩论，他们的唇枪舌剑绝不是咱们所能敌的。

　　日本军人的择日，大约也是从数目上着眼的。他们特别看中了"八"字。沈阳事变是"九一八"，淞沪之役是"一·二八"。卢沟桥事变是"七七"的深夜发动的，在他们看来也许是"七八"。他们轰炸南苑，占据北平，是在七月二十八日。甚至第一次轰炸昆明，也择定了九月二十八日。读者一定可以帮我们找出更多的证据，然而我还可以举出最近的一件大事：日本对英美宣战，选中了十二月八日——另一个"一二·八"。我们不相信这一切都是偶合。但是我们也不想作任何批评。只有一句话是可以说的：咱们中国人并不是世界上最迷信的民族。

（选自《龙虫并雕斋琐语》，中国社会科学出版社，1982年版）

神的灭亡

靳 以

奴才匍匐在地上,魔鬼随侍在两旁,高踞在宝座上的大神却感到空虚和凄惶。

没有一点声音,没有一片人影,大神不得不站起来,茫然四顾。

原来他的嘴角一直挂着胜利的笑容,现在,不得不收敛了。

他转了一个身,望了望,大声叫:

"人呢?人呢?"

没有人的回应,只有空洞的回声,这使他更激怒了,更大声地叫:

"人呢?人呢?……"

大神从宝座上跳下来,疯狂地跑着,跑遍了大殿的四角,没有一个人阻拦他,他的脚有时踏在奴才的背上,奴才也不敢动。

"人都到哪里去了?人都到哪里去了?"

一个声音好像从另外一个世界来的：

"人都死光了，没有死的，早已逃到另外一个世界去了。"

"怎么，怎么，没有人了，那我是什么大神呢？我是谁的大神呢？我还能统治谁呢？只是魔鬼和奴才怎样建立起我的王国？我知道，这才真是我的末日来了。"

他原来像受了惊的牛奔着，一直到他用尽了最后的力量，他那充血的眼睛才闭上，他那染满了别人血迹的身子才僵直地躺在地上，他才遭逢到最后的灭亡。

（选自《靳以选集》第5卷，四川人民出版社，1984年版）

人和鬼

吴　晗

在过去的时代里，人们讲迷信，相信有鬼。

据说鬼也和人一样，有好鬼，有恶鬼。有大鬼、小鬼、男鬼、女鬼、好看的鬼、难看的鬼、文鬼、武鬼，以至大头鬼、吊死鬼等等。总之，人世间有的事，鬼世界里也都有。

有了鬼的故事，自然也有说鬼话的书。从《太平广记》所引的《灵鬼志》，到《太平御览》《太平广记》都专门有几卷讲鬼的。清朝有几个人特别喜欢讲鬼故事：一个是蒲松龄，他写了《聊斋志异》；一个是纪晓岚，他写了《阅微草堂笔记》；还有一个是袁子才，也喜欢讲鬼。

蒲松龄和纪晓岚笔下的鬼，形形色色，什么样子脾气的都有，其中有些鬼写得实在好，很使人喜欢。他们通过鬼的故事来讽刺、教育活着的人，说的是鬼话，其实是人话。也写一些活人，看着是活人，说的却是鬼话，做的是鬼事。

大体上说来，虽然鬼是从人变的，人死后是鬼，但是人却又怕鬼。另一面，人虽然怕鬼，却又喜欢听鬼故事。

怕的原因是，据说鬼又要投生变人，屈死鬼投生之前，总得要找一个替身，将人变鬼。因此人们谈鬼就怕，更不用说见鬼了。倒过来，据说人死了就成鬼，人和鬼到底有关系。自己没有做鬼的经验，听听别人的也好，因此又喜欢听鬼故事，大概也是借鉴的意思吧。

自从有了科学知识，自从有了唯物主义，懂得科学和唯物主义的人们不再相信有鬼了。但是，研究一下过去的若干鬼故事，从中了解这一时代的社会相，也毕竟有些好处。

何况，死鬼虽然不存在，活鬼却确实有呢！他们成天张牙舞爪要吃人，青面獠牙吓唬人，鬼头鬼脑摆弄人，鬼心思，鬼主意，鬼行当，鬼伙伴，总之，有那么一小撮活鬼在兴风作浪，造谣生事，拨弄是非，造成紧张局势，摆出鬼架子、鬼威风。你愈怕，他就愈狠，非把你吃掉不可。

对付活鬼的办法是：大喝一声，你是鬼！揭穿他，让人人都知道这是鬼。把鬼揪到阳光底下，戳穿鬼把戏、鬼伎俩，让人们认识鬼样子、鬼姓名、鬼亲眷、鬼朋友。鬼在人们中间孤立了，也就搞不成鬼玩意了，或者变人，或者真的变鬼，这倒不妨随他的便。

要对付活鬼，首先要不怕鬼。道理是：你不怕，他就怕。这里有几个鬼故事是很有意思的。

第一个是蒲松龄写的青凤。说有一个狂生叫耿去病，听说有一个荒废的大宅子闹鬼，堂门自己会开关，有时还有笑语歌吹声。他搬了铺盖去住，在楼下读书。晚上正在用功时，一个披发鬼进来了，脸黑得像漆一样，张着眼对他笑。耿去病也对着笑，顺手把砚台的墨汁涂上一脸，面对面瞪着眼睛看。鬼看着不对头，满脸羞惭溜走了。

　　第二个是纪晓岚写的吊死鬼。说是有一个姓曹的，住在一个人家。半夜里有一个东西从门缝进来，像一张纸，变成人形，是个女人。他一点也不怕。鬼又披发吐舌，作吊死鬼模样，他笑说：头发还是头发，只是乱一些，舌头还是舌头，只是长一些，有什么可怕。鬼又把头摘下来，放在桌上。他笑说：有头都不怕，何况没头？鬼没有办法，一下不见了。后来他又住这房子，半夜门缝又响了，鬼刚一露头，他就嚷：又是这个讨厌东西！鬼一听只好不进来了。

　　另一个是大鬼。说戴东原的族祖某人胆大不怕鬼。住进一座空宅子，到晚上，阴风惨惨，出来一个大鬼，说：你真不怕？答：不怕。大鬼做了许多恶样子，又问：还不怕？答：当然。大鬼只好客气地说：我也不一定赶你走，只要你说一声怕，我就走了。他说：真是岂有此理，我实在不怕，怎能说假话，你要怎样就怎样吧。鬼再三央告，他还是不理。鬼只好叹一口气说：我在这儿三十多年了，从来没见过你这号顽固的人，这样蠢材，怎能住在一起？只好走了。

还有一个大眼鬼。南皮许南金胆很大，在和尚庙里读书。夜半忽然墙上出来两个灯，一看是一个大脸孔，两个灯是一双大眼睛。他说：正好，要读书，蜡烛完了。拿一册书背着墙，坐下就朗诵，念不了几页，灯光没有了，叩壁叫唤，也不出来。又一个晚上上厕所，一个小孩给拿蜡烛，不料这个大眼鬼又出来了，对着人笑，小孩吓倒在地下，他捡起蜡烛，就放在大眼鬼头上，说没有灯台，你来得正好。大眼鬼仰着头看，一动也不动。他又说：你去哪里不好，偏要到这里来！听说海上专有人赶臭地方走的，大概就是你了。万不可以对不起你，随手拿一张用过的手纸抹鬼的嘴巴，大眼鬼大呕大吐，狂吼几声，就不见了。从此再也不来了。

这几个故事很不错，蔑视、鄙视、仇视种种形色的鬼，完全合理。人气盛了，鬼气就衰了；人不怕鬼，鬼就怕人了。

不但对死鬼该这样，对活鬼也该这样。

人不可以迷信，要相信科学，尊重科学，但也不妨研究研究鬼话、鬼故事，从中得到益处。讲人话的书要多读，讲鬼话的书，我以为也不妨读读。

（选自《吴晗杂文选》，人民文学出版社，1979年版）

再谈人和鬼

吴 晗

谈鬼之风,自古有之。宋朝人李昉等于太平兴国三年(公元九七八年)所编集的《太平广记》五百卷,其中就有四十卷是谈鬼的。

这些鬼故事是各式各样的:有好鬼,对人做好事;有恶鬼,专门跟活人捣乱;也有很美丽的鬼,和活人结婚。总之,鬼也和人一样,在人类社会里所可能有的事,鬼社会里也是应有尽有。因此,爱谈鬼故事,实质上谈的还是人的故事。并且,谈人的事有时候可能不是很方便,容易得罪人;至于谈鬼,那就方便多了,无论如何,即使说错了,也不至于真有鬼来和你算账。

正因为谈鬼反映了各方面现实的社会生活,不只是有人爱谈,也有人爱听,谈鬼之风,便越来越盛了。清朝蒲松龄、纪晓岚、袁子才等人爱说鬼话,是有其历史的和社会的渊源的。

《太平广记》里的鬼故事，其中有几个很有趣，正确地说明了人和鬼的关系，不是人压倒了鬼，便是鬼压倒了人，人不怕鬼，鬼便怕人。

卷三百二十七引《述异记》：说有一个广州显明寺道人名叫法力，有天早上上厕所，看到一个鬼，样子像个昆仑（黑人），全身墨黑，只有两个眼睛是黄的，光着身子。法力很有力气，便一索子捆了这个鬼，缚在柱子上，用棍子使劲打。奇怪得很，一点声音也没有，再用铁锁锁住，看它能变化不？到天黑时，鬼就不见了。

卷三百四十五引段成式《酉阳杂俎》：唐朝元和末年（公元八二〇年），有个淮西的军将，奉使到汴州（今河南开封），在驿中住宿。正要睡熟时，忽然觉得压得慌，原来身上有个什么东西压着。这个军将很有力气，便起来和它打架，把它打退，还夺得一个皮做的口袋。这个鬼服输了，连声讨饶。军将说：你告诉我这个口袋叫什么，我再还你。鬼迟疑了好久，才说这叫蓄气袋。军将顺手拣一块大砖头当头便打，鬼就不见了。这个口袋很大，红颜色像藕丝，在太阳底下看没有影子，也不知道是做什么用的。

这两个故事的主人公都是胆子大、力气大，压服了鬼。

还有一个故事是藐视鬼，把鬼赶走的。卷三百一十八引《幽明录》：有个人叫阮德如，也是上厕所，见了鬼，这个鬼有一丈多高，黑色，大眼睛，穿白单裤子，还戴帽子。德如一点不害怕，

051

心安气定，笑着说：大家都说鬼讨厌，果然。鬼听了羞惭而退。

最有趣的是宋定伯卖鬼的故事，卷三百二十一引《列异传》：河南南阳人宋定伯年轻的时候，夜里出门碰见鬼，他问是谁，鬼说我是鬼呀，你呢？定伯说我也是鬼。鬼问定伯上哪儿去，定伯说到宛的市场上赶集，鬼说我也是到那儿去的。走了一会儿，鬼说走得太慢了，互相背着走好不好，定伯说很好。鬼便先背定伯，说你怎么这样重呀，不像是鬼。定伯说，有什么稀奇，我是新鬼，怎能不重？走了一程，定伯该背鬼了，很轻。这样互相背来背去，搞熟了。定伯便问：我是新鬼，不知道鬼最怕什么？鬼说最怕人唾口水。说了又走，过一条小河，鬼走过时一点声音也没有。定伯走过时，踩水哗哗响。鬼又问怎么这样响，定伯说：我新死，还不习惯踩水，所以声音大，不要见怪。快到宛市了，鬼在定伯背上，定伯一翻手狠狠抓住，鬼发急大叫，定伯不理。抓到市场，鬼变成一只羊，定伯怕它变化逃掉，连着对羊唾口水，卖了一千五百个钱，高兴地回家。当时人说开了："定伯卖鬼，得钱千五。"

这故事有趣在宋定伯对鬼说鬼话，摸清了鬼的底细，攻其弱点，制服了鬼。

这些鬼故事说明了鬼是不可怕的、不必怕的，只有人怕它时才可怕。人不怕鬼，鬼便怕人。也说明了鬼虽可不怕，但是还必须了解鬼脾气、鬼毛病，抓住鬼的弱点，是一定可以把鬼消灭掉的。

我们是唯物主义者，并不信鬼。但是，也不尽然，这一两年来，在闲谈中，发现也还有个别同志，在理论上不信鬼，但在生活上还是怕鬼，这就很不好。其次，我在上一篇文章中说过（见一九五九年五月十八日《人民日报》第八版《人和鬼》），死鬼是不可能有的，但活鬼还是有，例如成天想吃人、欺侮人、折磨人、奴役人的剥削阶级分子、反革命分子等等。对付这种活鬼之道只有一条，就是蔑视、藐视它，但在战术上还是要重视它，要像宋定伯一样，摸清鬼的弱点、底细，连着唾口水，使它再也不能变化，一句话，只有斗争，才能胜利，别的办法是没有的。

（选自《吴晗杂文选》，人民文学出版社，1979年版）

元帅菩萨

丰子恺

石门湾南市梢有一座庙,叫做元帅庙。香火很盛。正月初一日烧头香的人,半夜里拿了香烛,站在庙门口等开门。据说烧得到头香,菩萨会保佑的。每年五月十四日,元帅菩萨迎会。排场非常盛大!长长的行列,开头是夜叉队,七八个人脸上涂青色,身穿青衣,手持钢叉,锵锵振响。随后是一盆炭火,由两人扛着,不时地浇上烧酒,发出青色的光,好似鬼火。随后是臂香队和肉身灯队。臂香者,一只锋利的铁钩挂在左臂的皮肉上,底下挂一只廿几斤重的锡香炉,皮肉居然不断。肉身灯者,一个赤膊的人,腰间前后左右插七八根竹子,每根竹子上挂一盏油灯,竹子的一端用钩子钉在人的身体上。据说这样做,是为了"报娘恩"。随后是犯人队,许多人穿着犯人衣服,背上插一白旗,上写"斩犯一名×××"。再后面是拈香队,许多穿长衫的人士,捧着长香,踱着方步。然后是元帅菩萨的轿子,八人扛着,慢慢地走。后面是细乐队、香亭。众人望见菩萨轿子,大家合掌作揖。我五六岁时,看见菩萨,不懂得作揖,却喊道:"元帅菩萨的眼睛会动的!"大人们连忙掩住我的口,教我作揖。第二天,我生病了,眼睛转动。大家说这是昨天喊了那句话的缘故。我的母亲连忙到元帅庙里去上香叩头,并且许愿。父亲请医生来看病,医生说我是发惊风。吃了一颗丸药就好了。但店里的人大家说不是丸药之功,是母亲去许愿,菩萨原谅了之故。后来办了猪头三牲,去请菩萨。

为此,这元帅庙里香火极盛,每年收入甚丰。庙里有两个庙祝,贪得无厌,想出一个奸计来扩大做生意。某年迎会前一天,照例祭神。庙祝预先买嘱一流氓,教他在祭时大骂"菩萨无灵,泥塑木雕",同时取食神前的酒肉,然后假装肚痛,伏地求饶。如此,每月来领银洋若干元。流氓同意了,一切照办。岂知酒一下肚,立刻七孔流血,死在神前。原来庙祝已在酒中放入砒霜,有意毒死这流氓来大做广告。远近闻讯,都来看视,大家宣传菩萨的威灵。于是元帅庙的香火大盛,两个庙祝大发其财。后来因为分赃不均,两人争执起来,泄露了这阴谋,被官警捉去法办,两人都杀头。我后来在某笔记小说中看到一个故事,与此相似。有一农民入市归来,在一古墓前石凳上小坐休息。他把手中的两个馒头放在一个石翁仲的头上,以免蚂蚁侵食。临走时,忘记了这两个馒头。附近有两个老婆子,发现了这馒头,便大肆宣传,说石菩萨有灵,头上会生出馒头来。

就在当地搭一草棚,摆设神案香烛,叩头礼拜。远近闻讯,都来拜祷。老婆子将香灰当做仙方,卖给病人。偶然病愈了,求仙方的人越来越多,老婆子大发其财。有一流氓看了垂涎,向老婆子敲竹杠。老婆子教他明日当众人来求仙方时,大骂石菩萨无灵,取食酒肉,然后假装肚痛,倒在神前。如此,每月分送银洋若干。流氓照办。岂知酒中有毒,流氓当场死在神前。此讯传出,石菩萨威名大振,仙方生意兴隆,老婆子大发其财。后来因为分赃不均,两个老婆子闹翻了,泄露阴谋,被官警捉去正法。元帅庙的事件,与此事完全相似,也可谓"智者所见皆同"。

一九七二年

(选自《缘缘堂随笔集》,浙江文艺出版社,1983年版)

漫谈鬼神观念的枷锁

秦　牧

一位朋友来信说：最近，有不少地方的青年迷信鬼神，而且花样很多。听了这消息，不由得很有些感慨。

人类，经过了百几十万年的进化，和野兽早已分道扬镳了，但人类也时常干些野兽所不会干的蠢事。迷信、神鬼观念，宿命思想，锁住了千万代许许多多的人的脑子，就是这类蠢事之一。

我不大明白为什么现在有不少人把对神鬼的迷信叫做"封建迷信"，好像这类花样是封建时代才有似的。其实神鬼观念源远流长，早在太古时代，原始人看到日月浮沉、雷霆海啸、四时代谢、万物死生，以至于毒蛇猛兽、陨石磷火，心中都充满了恐惧，"可怕的鬼魅在暗算着人的命运！"这样的观念就在人们的脑子里油然而生。因此，最原始的民族都相信鬼。以后，随着人间统治者权威的加强，特别是随着阶级社会的出现，"神"的观念又滋长了。从产生的顺序来说，"神"还是"鬼"

的弟弟。剥削阶级的神道设教，又加强了人们的迷信思想。其实，虚无缥缈的阴间的"神"，恰好就是剥削阶级统治者的投影。

十九世纪德国诗人海涅有一首小诗这样写道：

> 我梦见我自己做了上帝，
> 昂然地在天堂高坐，
> 天使们环绕在我身旁，
> 不绝地称赞着我的诗章。
>
> 我在吃糕饼、糖果，喝着酒，
> 和天使们一起欢宴，
> 我享受着这些珍品，
> 却无须破费一个小钱。

海涅写的实际上是一首讽刺诗。他所写的"上帝"，不就是当年德国皇帝的模样吗？而那些擅长谄媚阿谀的"天使"，不正是朝廷大臣们的剪影吗？

和这相映成趣的，是旧时代中国关于"灶神"的观念。当时，人们认定天帝在每家都派有一个"灶神"，在厨房监视着人们吃些什么，做些什么，说些什么。一到每年的农历十二月二十四日，这个"灶神"就要上天去奏报这户人家的隐事，天帝听了如果不高兴，就要降下祸殃了。但是，百姓们也有一个对付的办法：在"灶神"上天之前一日，"糖瓜祭灶"，用麦芽糖胶住"灶神"的嘴巴，这样一来，"灶神"就不会去搬弄是非了。这个"灶神"的形象，不就是十足一副小官吏以至于"地保"的模样吗？用麦芽糖粘住他的嘴巴，不就是人间行贿在"神的领域"里的升华吗？

黄色人种创造的神都是黄人，黑色人种创造的神都是黑人，白色人种创造的神都是白人，印第安人创造的神都是红人。所以有人说，牛假如也能够创造什么神的话，它们的神必定都有两只角。各大洲制造出来的太阳神都是男人，月神都是女人，海神必定粗暴，花神必定温柔。从这些地方，我们又可以看到现实的事物怎样决定了人类造神的逻辑。

人类的造神造鬼活动，假如只是为了写些奇特的神话童话，吃饱了饭，彼此欣赏欣赏，倒也罢了。但是实际不然，人造了这些神神鬼鬼，就像打制好枷锁之后，往自己的脖子上套。有些人是制造来套别人，绝不套自己，如历史上许多荒淫无耻、暴戾恣肆的"天子"之类就是，有些人是既套别人，也套自己。有些人却是专门接受过枷锁来套自己了。

科学的发现，科学知识的普及，逐渐缩小了神鬼观念的地盘。例如四五十年前，当日食月食的时候，旧中国还有大量的人认为"天狗出来咬太阳，吃月亮"，甚至在上海那样的地方，也有许多人敲铜锣，放爆竹，要来"吓退天狗"，救救太阳和月亮。科学知识普及了，日食月食的时间，人们都很早就能够推算和预告出来,这项迷信就逐渐破除了。

当人民革命轰轰烈烈地进行的时候,劳动人民比较能够掌握自己的命运,迷信思想、宿命观念也就比较少些。解放初期,许多地方,农民主动把家里供奉的神像摔到箩筐里,垒成一堆烧掉,就是一例。但是,如果以为轰轰烈烈地表示过不再信神信鬼的人,以后就真的不再给自己套上这种精神枷锁了,那可就未免太天真啦。世间有许多事情都会"回生",迷信也是这样。对事物不了解,对自己命运掌握不了,神鬼观念就可以在这些"大惑不解"的空隙里产生。

我们自然希望那些求神拜佛、占卦算命的可怜的人们,那些念念有词、高唱什么"床头床尾都有人,屋内屋外都有神"的乩笔信徒,迷途知返。但更重要的,毕竟还是清除神鬼观念产生的温床——更大力地普及科学教育,以肃清愚昧、革除社会的各种恶习,推进社会主义的现代化事业,使更多的人知道怎样掌握自己的命运,而不是一切归之于"冥冥中自有天数"。那么,就能促使人类愚昧阶段思维活动产生的怪胎——神和鬼,更早地灭亡。

一九七九年

(选自《秦牧知识小品选》,黄河文艺出版社,1985年版)

从神案前站起来

蓝　翎

在三十几年前的农村,一进腊月,集市上就出现了不比平常的热闹景象,准备过年的货物骤然多起来。老百姓平日去集上叫做"赶集",这时就换了个新词儿,叫"赶年集",连语言也带上了节日的色彩。年集上有一种新年货,叫做"码子",包括年画、对联和神像,什么老天爷、灶王爷、财神爷、门神爷、关帝爷、寿星爷等等。神群里似乎也盛行大男子主义,老爷们儿居多,女性很少,要让某些人看见,非气歪鼻子不可。

我小时候就喜欢赶年集,不是去买花炮,而是去看卖"码子"的。"码子"摊大都摆在僻静处,有的挂在墙上,有的铺在地上,花花绿绿像个艺术展览会,甚是好看。著名产地的"码子"更吸引人,如苏州桃花坞的、山东潍坊的、河北杨柳青的,看的人多,卖得也快。我看了画,饱了眼福,但却产生了解不开的哑谜,带来了苦恼。

苦恼自何而来？就拿神像来说，同是一尊老天爷，就有两种不同的色彩：一种是红黄绿青蓝紫，鲜艳热烈，比较多；一种是没有一点红色，素静冷暗，比较少。有的人请（避讳说买）前者，有的人请后者。为什么？不了解。还有更奇怪不可思议的。同是一尊灶王爷，有的下首陪坐着一位银盆大脸的灶王奶奶，有的则一边一位。这就让人糊涂了。这些神仙爷究竟是一个老婆，还是两个老婆？哪位是正娶，哪位是续娶？谁是正室，谁是侧室？恐怕连请的人也说不清，但是他却知道请什么，绝对不会错。如果你要问，保准会瞪你一眼，谁也不会告诉。

我带着这些闷葫芦去问上了年纪的长辈。对第一个问题，答复很明确："有红色的是让大伙请的。没红色的是让居丧人家请的。你没见，死了老年人的人家，不过三年都穿孝。门头、门扇、门框上贴着土黄纸。过年不能贴门神、对联。老天爷、灶王爷不能不请，那是万户之神、一家之神，要请不带红色的。"

"那？关帝爷为啥就只有一样？"

"瞎说！关帝爷要不印成红脸的，谁能认出来。又不是每家供，不请就行了。"

对第一个问题，就认识到此为止。但不圆满，而且长期停留在这个水平。

对第二个问题，长辈的回答是呵斥："瞎问！请来只管磕头！"碰了一鼻子灰，又多增加了一个问号。后来，还是村头上一个放羊的光棍老汉说透了底："早先有家财主，娶了两老婆，偏爱小的，厌弃大的。年三十晚上，财主贴好了老天爷像，等着老婆们来上香摆供。大老婆来了，一看长胡子的老天爷旁边陪坐着一位标致的天奶奶，一点不显老，就醋劲来了，气得浑身打战，七窍生烟，把香往地下一摔，骂开了：'老天爷，你也糊涂了。今天收拾得干干净净，头是头，脚是脚，带着个俏娘们儿坐在这里，等着我下厨房，挨烟熏受火燎地给你们做供，怪自在！今年叫你吃不成，不伺候了。'说着骂着转身往外走，顶头撞上了小老婆。小老婆早就听到了她的叱鸡骂狗，指桑骂槐，也窝了一肚子火，两人一撞，趁势把手捧的供盘噔啷一声摔在地下，也不示弱地骂开了：'老天爷，谁不知道你是皇上的爹，也有三宫六院七十二妃。今天就带一位正宫下界，装起正经来了。俺虽说是小老婆，不是偷的，不是抢的，是明媒正娶从大门进来的。你老天爷也看不起小老婆，还想吃我摆的供……'这家的年三十过得可真热闹。老天爷两口白等了一年，落得香无一根，供无一碗，连天奶奶是大是小的身份也给骂糊涂了。'码子'店的耳朵灵，会做买卖，第二年就不声不响地印出了两种。不用问，谁请两老婆的，他家的长辈准不是一个老婆。"私塾老师给我讲过："祭神如神在。"我佩服他有学问。但他的学问碰上这样的问题，就讲不通。放羊老汉没学问，但能说透这种麻烦的民间习俗。他所以公正，就因为是光棍汉，不避讳，不会忧虑后代为请神像而闹纠纷。我更佩服他。

　　然而我只佩服了一阵子。后来脑子里又出现了一个新问号，去问他:"要是有人娶了三四个老婆,怎么办?"他迟疑了一下,忽然改变了过去讲故事的委婉口气:"老婆多的不在一块住。张宗昌的小老婆有多少?韩复榘的小老婆有多少?济南府大街小巷都有公馆。北京城我也去过,就没在紫禁城里看见供灶王爷的地方!"他为什么这么激昂慷慨?他有什么经历?他讲的这些我全不知道。问题没有圆满解决,我也没有再敢去问他,佩服之情也就淡淡褪色了。

解放以后,农村风习大变样,过年只贴年画和对联,不再贴神像了。我也读了点社会科学书,懂得了敬神是迷信,不是神掌管人的命运,而是人根据自己的命运造出了各种各样的神。中国造,外国也造,上下几千年,造神运动不断进行。一解放,可好了,分房分地闹土改,神仙没户口,没他们的份,请,爱往哪去往哪去,不挽留。可是,每过春节,我还是老想起童年时的事,以为问题解答得差不多了。近来读了一些批判造神运动破除现代迷信的文章,又想起了老问题,觉得过去的认识还不够,仍有进一步思索的必要。

造神是人从自己的需要出发的。世界三大宗教,基督教、佛教、伊斯兰教的起源太远了,且不去管它们。就拿中国杂七杂八的神来说,无不都是人从自己的需要造出来的。"码子"店里为了赚钱,就可以在神仙爷们儿身旁随便多画上个老婆。有人想发财,就抬出来个赵公元帅。有人想成仙,就抬出了老子、张天师。有人想子孙延绵,就抬出来个送子娘娘。有人想槽头兴旺，就抬出了马王爷。搞的处处都是神，连井台上、磨眼里、阴沟里、草棒上都有神。有人想当皇帝，就说是他母亲在野外感赤龙而孕了他，他的先人也就神化了。而用后人的眼光来推测，他也很可能是"野杂种"。造神的人最自私，他们并不迷信自己创造的神，而是愚弄着别人来迷信。俗话说："彩塑匠不给神磕头——知道你是哪坑里的泥。"

过去只知道敬神是迷信，似乎很严肃，很虔诚，现在想来很不全面，实际上还有很不严肃、很不虔诚、很滑稽的一面。敬神久了，徒具形式，毫无诚心，甚至拿神来戏弄，开玩笑。自己家里死了老年人，连神像也得跟着守制，这算哪朝哪代的礼？天旱了，不下雨，把关帝爷的塑像抬到十字路口，让烈日头暴晒，说关帝爷晒热了，一出汗，就得下大雨。这不是让神受活罪吗？关羽有知，非劈青龙偃月刀不可。敬神的人也很势利眼，按着人间的等级制度来给神划等级。给老天爷摆供，整鸡整鱼的五大件或十大件。灶王爷神小，只能吃麦芽糖瓜。我可从小见过做这种糖的，好的都抽出沾了麻糖，切了酥糖条，剩下带渣的抽不动了，才搅和搅和做成一大块一大块方不方圆不圆的糖疙瘩，灶王爷吃的就是这锅底上的残渣。村边上小庙里的土地爷更可怜，只有一个冷拼盘，都是猪头上的下等货、下半截猪蹄子。上供的人知道，就那也早晚是让野猫叼走，没人看着嘛。神是人的影子。在人与人的关系被大大小小的台阶错开了的时候，说是向影子一磕头，大家都一般齐了，幸福了，实在荒唐得很，是可悲的笑料。

　　造神，敬神，都是少数人愚弄多数人的把戏。小时候想不懂，想不通。现在大体想懂了，想通了，可是靠神的时代还没有完全过去。人的两条腿长了奇妙的膝关节，能屈能伸，是为了能劳动，是为了踏出人类前进的路，是为了能在历史前进的大道上跑得更迅速，不是为了向剥削阶级下跪方便，更不是为了向神磕头方便。解放了，人民推翻了剥削阶级的大堂，再也不下跪了；拆了庙，掀了神案，再也不磕头了。站起来了，几千年的噩梦结束了。人们再次觉醒了，要从此彻底扫除造神运动，恢复人的尊严，从神案前站起来，扔掉手中的香火头，拿起科学的武器。靠科学吃饭的劳动者才是最值得尊敬的。

一九七九年十二月八日于北京

（选自《了了录》，四川人民出版社，1983年版）

说鬼

李伯元

畴昔之夜，寒雨洒窗，作琮琮琤琤声。一灯如豆，凝成惨碧。翻书数叶，得阮瞻无鬼论，因历考载诸典籍者以破其说。陶贞白曰："宁为才鬼，胜作顽仙。"紫元夫人授宝书于魏华曰："有泄我书者，……身为下鬼，塞诸河源。"《世说》曰："今见鬼者，云着生时衣服。"是衣服亦复有鬼。刘禹锡《南中》诗曰："淫祀多青鬼。"李贺诗曰："愿携汉戟招书鬼。"又曰："屯中多侠鬼。"史曰："愚鬼弄尔公。"王丞相答陆笺云："几为伧鬼。"陆士衡詈卢充曰："鬼子敢尔。"刘惔称干宝为"鬼董狐"，唐人号杨炯为"点鬼簿"。此皆征诸古者。若夫酣歌恒舞，乐此不疲，"可怜无益费精神，有似黄金掷虚牝"，是为色鬼；家徒四壁，一掷千金，作奸犯科，在所不惜，是为赌鬼；一斗亦醉，嗜之若饴，载号载呶，使气骂座，是为酒鬼；吐新纳故，供养烟霞，床头金尽，形销骨立，是为鸦片烟鬼。说鬼未已，啾啾唧唧，皆往来于庭户。瞿然掷管，急覆衾蒙首而卧，亦无他异。

（选自1922年《游戏杂志》第10期）

鬼赞

许地山

你们曾否在凄凉的月夜听过鬼赞？有一次，我独自在空山里走，除远处寒潭的鱼跃出水声略可听见以外，其余种种，都被月下的冷露幽闭住。我的衣服极其湿润，我两腿也走乏了。正要转回家中，不晓得怎样就经过一区死人的聚落。我因疲极，才坐在一个祭坛上少息。在那里，看见一群幽魂高矮不齐，从各坟墓里出来。他们仿佛没有看见我，都向着我所坐的地方走来。

他们从这墓走过那墓，一排排地走着，前头唱一句，后面应一句，和举行什么巡礼一样。我也不觉得害怕，但静静地坐在一旁，听他们的唱和。

第一排唱："最有福的是谁？"

往下各排挨着次序应。

"是那曾用过视官，而今不能辨明暗的。"

"是那曾用过听官，而今不能辨声音的。"

"是那曾用过嗅官，而今不能辨香味的。"

"是那曾用过味官，而今不能辨苦甘的。"

"是那曾用过触官，而今不能辨粗细、冷暖的。"

各排应完，全体都唱："那弃绝一切感官的有福了！我们的髑髅有福了！"

第一排的幽魂又唱："我们的髑髅是该赞美的。我们要赞美我们的髑髅。"

领首的唱完，还是挨着次序一排排地应下去。

"我们赞美你，因为你哭的时候，再不流眼泪。"

"我们赞美你，因为你发怒的时候，再不发出紧急的气息。"

"我们赞美你，因为你悲哀的时候，再不皱眉。"

"我们赞美你，因为你微笑的时候，再没有嘴唇遮住你的牙齿。"

"我们赞美你，因为你听见赞美的时候，再没有血液在你的脉里颤动。"

"我们赞美你，因为你不肯受时间的播弄。"

全体又唱："那弃绝一切感官的有福了！我们的髑髅有福了！"

他们把手举起来一同唱：

"人哪，你在当生、来生的时候，有泪就得尽量流，有声就得尽量唱，有苦就得尽量尝，有情就得尽量施，有欲就得尽量取,有事就得尽量成就。等到你疲劳、等到你歇息的时候,你就有福了!"

他们诵完这段,就各自分散。一时,山中睡不熟的云直往下压,远地的丘陵都给埋没了。我险些儿也迷了路途,幸而有断断续续的鱼跃出水声从寒潭那边传来,使我稍微认得归路。

(选自《许地山选集》上卷,人民文学出版社,1982年版)

我们的敌人

周作人

我们的敌人是什么？不是活人，乃是野兽与死鬼，附在许多活人身上的野兽与死鬼。

小孩的时候，听了《聊斋志异》或《夜谈随录》的故事，黑夜里常怕狐妖僵尸的袭来；到了现在，这种恐怖是没有了，但在白天里常见狐妖僵尸的出现，那更可怕了。在街上走着，在路旁站着，看行人的脸色，听他们的声音，时常发现妖气，这可不是"画皮"么？谁也不能保证。我们为求自己安全起见，不能不对他们为"防御战"。

有人说："朋友，小心点，像这样的神经过敏下去，怕不变成疯子，——或者你这样说，已经有点疯意也未可知。"不要紧，我这样宽懈的人哪里会疯呢？看见别人便疑心他有尾巴或身上长着白毛，的确不免是疯人行径，在我却不然，我是要用了新式的镜子从人群中辨别出这些异物而驱除之。而且这法子也并不烦难,一点都没有什么神秘:我们只须看他,如见了人便张眼露齿,口咽唾沫,大有拿来当饭之意,则必是"那件东西",无论他在社会上是称作天地君亲师、银行家、拆白党或道学家。

据达尔文他们说,我们与虎狼狐狸之类讲起来本来有点远亲,而我们的祖先无一不是名登鬼箓的,所以我们与各色鬼等也不无多少世谊。这些话当然是不错的,不过远亲也好,世谊也好,他们总不应该借了这点瓜葛出来烦扰我们。诸位远亲如要讲亲谊,只应在山林中相遇的时节,拉拉胡须,或摇摇尾巴,对我们打个招呼,不必戴了骷髅来夹在我们中间厮混;诸位世交也应恬静的安息在草叶之阴,偶然来我们梦里会晤一下,还算有点意思,倘若像现在这样化作"重来"(Revenants),居然现形于化日光天之下,那真足以骇人视听了。他们既然如此胡为,要来侵害我们,我们也就不能再客气了,我们只好凭了正义人道以及和平等等之名采取防御的手段。

听说昔者欧洲教会和政府为救援异端起见,曾经用过一个很好的方法,便是将他们的肉体用一把火烧了,免得他们的灵魂去落地狱。这实在是存心忠厚的办法,只可惜我们不能采用,因为我们的目的是相反的,我们是要从这所依附的肉体里赶出那依附着的东西,所以应得用相反的方法。我们去拿许多桃枝柳枝,荆鞭蒲鞭,尽力地抽打面有妖气的人的身体,务期野兽幻化的现出原形,死鬼依托的离去患者,留下借用的躯壳,以便招寻失主领回。这些赶出去的东西，我们也不想"聚而歼旃"，因为"嗖"的一声吸入瓶中用丹书封好重汤煎熬，这个方法现在似已失传，至少我们是不懂得用，而且天下大矣，万牲百鬼，实属办不胜办，所以我们敬体上天好生之德，并不穷追，只要兽走于圹，鬼归其穴，各安生业，不复相扰，也就可以罢手，随他们去了。

至于活人，都不是我们的敌人，虽然也未必全是我们的友人。——实在，活人也已经太少了，少到连打起架来也没有什么趣味了。等打鬼打完了之后（假使有这一天），我们如有兴致，喝一碗酒，卷卷袖子，再来比一比武，也好吧。（比武得胜，自然有美人垂青等等事情，未始不好，不过那是《劫后英雄略》的情景，现在却还是《西游记》哪。）

一九二四年十二月

（选自周作人《雨天的书》，岳麓书社，1987年版）

花煞

周作人

川岛在《语丝》六六期上提起花煞,并问我记不记得高调班里一个花煞"被某君看到大大地收拾了一场"的故事。这个戏文我不知道,虽然花煞这件东西是知道——不,是听见人家说过的。照我的愚见说来,煞本是死人自己,最初就是他的体魄,后来算作他的灵魂,其状如家鸡。(凡往来飘忽,或出没于阴湿地方的东西,都常用以代表魂魄,如蛇虫鸟鼠之类,这里本来当是一种飞鸟,但是后人见识日陋,他们除了天天在眼前的鸡鸭外几乎不记得有别的禽鸟,所以只称他是家鸡,不管他能飞不能飞了;说到这里,我觉得绍兴放在灵前的两只纸鸡,大约也是代表这个东西的,虽然他们说是跟死者到阴间去吃痰的,而中国人也的确喜欢吐痰。)再后来乃称作煞神,仿佛是"解差"一类的东西,而且有公母两只了。至于花煞(方音读作Huoasaa,第二字平常读Saeh)则单是一种喜欢在结婚时作弄人的凶鬼，与结婚的本人别无系属的关系。在野蛮人的世界里，四分之一是活人，三分之一是死鬼，其余的都是精灵鬼怪。这第三种，占全数十二分之五的东西，现在总称精灵鬼怪，"西儒"则呼之为代蒙（Daimones），里边也未必绝无和善的，但大抵都是凶恶、幸灾乐祸的，在文化幼稚、他们还没有高升为神的时候，恐怕个个都是如此。他们时时刻刻等着机会，要来伤害活人，虽然这于他们并没有什么好处，而且那时也还没有与上帝作对的天魔派遣他们出去捣乱。但是活人也不是蠢东西，任他们摆布，也知道躲避或抵抗，所以他们须得找寻好机会，在人们不大能够反抗的时候下手，例如呵欠、喷嚏、睡觉、吃饭、发身、生产时，——此外最好自然还有那性行为，尤其是初次的性交。截搭题做到这里，已经渡到花煞上来了。喔，说到本题，我却没有什么可以讲了，因为关于绍兴的花煞的传记我实在知道得太少。我只知道男家发轿时照例有人穿了袍褂顶戴，（现在大约是戴上了乌壳帽了吧？）拿一面镜子一个熨斗和一座烛台在轿内乱照，行"搜轿"的仪式。这当然是在那里搜鬼，但搜的似乎不是花煞，因为花煞仍旧跟着花轿来的，仿佛可以说凡花轿必有其花煞，自然这轿须得实的，里边坐着一个人。这个怪物大约与花轿有什么神秘的关系，虽然我不能确说；总之男女居室而不用花轿便不听见有什么花煞，如抢亲、养媳妇、纳妾，至于野田草露更不必说了。听说一个人冲了花煞就要死或者至少也是重病，则其祸祟又波及新人以外的旁人了，或者因为娘子遍身穿红，又熏透芸香，已经有十足的防御，所谓有备无患也欤。

〔附〕结婚与死（顺风）

岂明先生：

在《语丝》六六期上看到说起花煞，我预备把我所知的一点奉告，这种传说我曾听见人家谈起过几次，知道它是很有来历的，只是可惜我所听到的也只是些断片，很不完全。据说从前有一个新娘用剪刀在轿内自杀，这便是花煞神的来源。因此绍兴结婚时忌见铁，凡门上的铁环、壁上的铁钉之类，都须用红纸蒙住。

关于那女子在轿中自杀的事情，听说在一本《花煞卷》中有得说起。绍兴夏天晚上常有"宣卷"，《花煞卷》就是那种长篇宝卷之一，但我不曾听到过；只有一个朋友曾见这卷的刊本，不过已记不清楚了，只记得那新娘是被强抢去成亲，所以自杀了。

绍兴从前通行的新娘装束，我想或者与这种传说不无关系。其中最可注意的，便是新娘出轿来的时候所戴的纸制的"花冠"。那冠是以竹丝为架，外用红绿色纸及金纸糊成，上插有二寸多长的泥人，名叫"花冠菩萨"。照一般的情形说来，本来活人是不能戴纸帽子的，例如夏季中专演给鬼看的"大戏"（Doohsii）和"目莲"，台旁挂有许多纸帽，戏中人物均穿戴如常，唯有出台来的鬼王以及活无常（Wueh-wuzoang），总之凡属于鬼怪类的东西才戴这挂在那里的纸帽。（进台时仍取下挂在台边，不带进后台去，演戏完毕同纸钱一并焚化。）今新娘也戴纸帽，岂扮作一种花煞神之类乎？又所穿的那件"红绿大袖"也不像常人所穿的衣服，形状颇似"女吊神"背心底下所穿的那件红衫子。又据一位朋友说，绍兴有些地方，新娘有不穿这件贯来的"红绿大袖"而借穿别人家的"寿衣"的。这是什么理由却不知道。我想，只要实地去考查，恐怕可以找出些道理来，从老年人的记忆上或可以得到些有用的材料。

搜轿确似在搜别的妖怪，不是搜花煞神。因为花轿中还能藏匿各种别的鬼怪，足为新娘之害，如《欧阳方成亲》那出戏中，花轿顶上藏有一个吊死鬼，后被有日月眼的郑三弟看出，即是一例。

还有，绍兴许多人家结婚时向用"礼生"念花烛的，但别有些人家却用一个道士来念。我曾听见过一次，虽然念的不过是些吉利话，但似乎也是很有意义的事情。我看道士平时所做的勾当，如发符上表作法等，都是原始民族中术士的举动，结婚时招道士来祝念，当有魔术的意思含在里边，虽然所念的已变成了吉利话而非咒语了。中国是极古老的国度，原始时代的遗迹至今有的还保留着，只要加意调查研究，当可得到许多极有价值的资料。事情又说远了，就此"带住"吧。

顺风上，三月九日于上海。

岂明案，新娘那装束，或者是在扮死人，意在以邪辟邪，如方相氏之戴上鬼脸。但是其中更有趣味的，乃是结婚与死的问题。我记起在希腊古今宗教风俗比较研究书中说及同样的事，希腊新娘的服色以及沐浴涂膏等仪式均与死人时相同。绍兴新人们的衣服都用香熏，不过用的是芸香，而熏寿衣则用柏香罢了；他们也都举行"滗浴"的典礼，这并不是简单的像我们所想的洗澡，实在与殁时的同样的是一种重要的仪式。希腊的意思我们可以知道的，他们关于地母崇拜古时有一种宗教仪式，大略如原始民族间所通行的冠礼（Initiation），希腊则称之曰成就（Telos），他的宗旨是在宣示人天交通的密义，人死则生天上，与诸神结合，而以男女配偶为之象征。人世的结婚因此不啻即具体的显示成就之欢喜，亦为将来大成就（死）的永生之尝试，故结婚常称作成就，而新人们则号为成就者（Teleioi）。所以希腊风俗乃是以结婚的服饰仪式移用于死者，使人不很觉得死之可悲，且以助长其对于未来的希望。《陀螺》中我曾译有三首现代希腊的挽歌，指出其间一个中心思想，便是将死与结婚合在一处，以为此世的死即是彼世的结婚。今转录一首于下：

"儿呵，你为甚要去，到幽冥里去？那里是没有公鸡啼，没有母鸡叫，那里没有泉水，没有青草生在平原上。

饿了么？在那里没有东西吃；

渴了么？在那里没有东西喝；

你要躺倒休息么？你得不到安眠。

那么停留吧，儿呵，

在你自己的家里，停留在你自己的亲人里。"

"不，我不停留了，我的亲爱的父亲和深爱的母亲。

昨天是我的好日，昨晚是我的结婚，

幽冥给我当作丈夫，坟墓做我的新母亲。"

至于绍兴的风俗是什么意思我还不能领会，我看他是不同希腊那样的拿新娘的花冠去给死人戴，大约是颠倒地由活人去学死装束的。中国人的心里觉得婚姻是一件"大事"，这当然也是有的，但未必会发生与死相联属的深刻的心理；独断地说一句，恐怕不外是一种辟邪的法术作用吧。这种事情要请专门的祭司来管，我们开篷的道士实在有点力有不及。还有，那新娘拜堂时手中所执的掌扇，也不知道是什么用的，——这些缘起传说或者须得去问三埭街的老嫚，虽然不免有些附会或传讹，总还可以得到一点线索吧。

三月十六日

（选自周作人《自己的园地》，岳麓书社，1987年版）

疟鬼

周作人

赵与时《宾退录》卷七云：

"世人疟疾将作，谓可避之他所，闾巷不经之说也，然自唐已然。高力士流巫州，李辅国授谪制时，力士方逃疟功臣阁下。杜子美诗：'三年犹疟疾，一鬼不销亡。隔日搜脂髓，增寒抱雪霜。徒然潜隙地，有觍屡鲜妆。'则不特避之，而复涂抹其面矣。"

避疟这件事，我在十四五岁的时候还曾经做过，结果是无效，所以下回便不再避了。乡间又认疟疾为人所必须经过的一种病，有如痘疹之类，初次恒不加禁断，任其自发自愈，称曰"开昂"（Ke-ngoang）。疟鬼名"腊塌四相公"，幼时在一村庙中曾见其塑像。共四人，并坐龛中，衣冠面貌都不记忆，唯记得一人手持吹火筒，一持芭蕉扇，其余两个手中的东西也已忘却了。据同伴的工人说明，持扇者扇人使发冷，持火筒者一吹则病人陡复发热云。俗语称一般传染病云腊塌病，故四相公亦以是名。本来民间迷信愈古愈多，这种逃疟涂面的办法大抵传自"三代以前"，不过到了唐代始见著录罢了。英国安特路兰（Andrew Lang）曾听见一位淑女说，治风湿的灵方是去偷一个马铃薯，带在身边，即愈；他从这里推究出古今中外的关系于何首乌类的迷信的许多例来，做了一篇论文曰《摩吕与曼陀罗》（Moly and Mandragora），收在《风俗与神话》的中间。迷信的源远流长真是值得惊叹。

（选自周作人《自己的园地》，岳麓书社，1987年版）

鬼的生长

周作人

　　关于鬼的事情我平常很想知道。知道了有什么好处呢？那也未必有，大约实在也只是好奇罢了。古人云："唯圣人能知鬼神之情状。"那么这件事可见不是容易办到的，自悔少不弄道学，此路已是不通，只好发挥一点考据癖，从古今人的纪录里去找寻材料，或者能够间接地窥见百一亦未可知。但是千百年来已非一日，载籍浩如烟海，门外摸索，不得象尾，而且鬼界的问题似乎也多得很，尽够研究院里先生们一生的检讨，我这里只提出一个题目，即上面所说的鬼之生长，姑且大题小做，略陈管见，伫候明教。

　　人死后为鬼，鬼在阴间或其他地方究竟是否一年年地照常生长，这是一个问题。其解决法有二：一是根据我们这种老顽固的无鬼论，那未免文不对题，而且也太杀风景；其次是普通的有鬼论,有鬼才有生长与否这问题发生。所以归根结底解决还只有这唯一一法。然而有鬼虽为一般信士的定论,而其生长与否却言人人殊,莫衷一是。清纪昀《如是我闻》卷四云:

"任子田言:其乡有人夜行,月下见墓道松柏间有两人并坐,一男子年约十六七,韶秀可爱,一妇人白发垂项,佝偻携杖,似七八十以上人,倚肩笑语,意若甚相悦,窃讶何物淫妪,乃与少年儿狎昵。行稍近,冉冉而灭。次日询是谁家冢,始知某早年夭折,其妇孀守五十余年,殁而合窆于是也。"照这样说,鬼是不会生长的,他的容貌年纪便以死的时候为准。不过仔细想起来,其间有许多不方便的事情,如少夫老妻即是其一,此外则子老父幼,依照礼法温清定省所不可废,为儿子者实有竭蹶难当之势,甚可悯也。又如世间法不禁再婚,贫儒为宗嗣而续弦,死后便有好几房扶养的责任,则此老翁亦大可念,再醮妇照俗信应锯而分之,前夫得此一片老躯,更将何所用耶。宋邵伯温《闻见录》十八云:

"李夫人生康节公,同堕一死胎,女也。后十余年,夫人病卧,见月色中一女子拜庭下,泣曰,母不察,庸医以药毒儿,可恨。夫人曰,命也。女曰,若为命,何兄独生?夫人曰,汝死兄独生,乃命也。女子涕泣而去。又十余年,夫人再见女人来泣曰,一为庸医所误,二十年方得受生,与母缘重故相别。又涕泣而去。"曲园先生《茶香室三钞》卷八引此文,按语云:

"此事甚异,此女子既在母腹中死,一无知识之血肉耳,乃死后十余年便能拜能言，岂死后亦如在人间与年俱长乎？"据我看来，准邵氏《闻见录》所说，鬼的与年俱长确无疑义。假如照这个说法，纪文达所记的那年约十六七的男子应该改为七十几岁的老翁，这样一来那篇故事便不成立，因为七八十以上的翁媪在月下谈心，虽然也未免是"马齿长而童心尚在"，却并不怎么的可讶了。还有一层，鬼可见人而人不见鬼，最后松柏间相见，翁鬼固然认得媪，但是媪鬼那时如无人再为介绍，恐怕不容易认识她的五十余年前的良人了吧。邵纪二说各有短长，我们凡人殊难别择，大约只好两存之吧，而鬼在阴间是否也是分道扬镳，各自去生长或不生长呢，那就不得而知了。鬼不生长说似普通，生长说稍奇，但我却也找到别的材料，可以参证。《望杏楼志痛编补》一卷，光绪己亥年刊，无锡钱鹤岑著，盖为其子杏宝纪念者，正编惜不可得。补编中有《乩谈日记》，记与其子女笔谈，其三子鼎宝生于己卯四旬而殇，四子杏宝生于辛巳十二岁而殇，三女蓴贞生于丁亥五日而殇，皆来下坛。记云：

"丙申十二月二十一日晚，杏宝始来。问汝去时十二岁，今身躯加长乎？曰，长。"又云：

"丁酉正月十七日，早起扶乩，则先兄韵笙与闰妹杏宝皆在。问先兄逝世时年方二十七，今五十余矣，容颜亦老乎？曰，老。已留须乎？曰，留。"由此可知鬼之与年俱长，与人无异。又有数节云：

"正月二十九日，问几岁有知识乎？曰，三岁。问食乳几年？曰，三年。"（此系问鼎宝。）

"三月二十一日，闰妹到。问有事乎？曰，有喜事。何喜？曰，四月初四日杏宝娶妇。问妇年几何？曰，十三。问请吾辈吃喜酒乎？曰，不。汝去乎？曰，去。要送贺仪乎？曰，要。问鼎宝娶妇乎？曰，娶。产子女否？曰，二子一女。"

"五月二十九日，问杏儿汝妇山南好否？曰，有喜。盖已怀孕也。喜见于何月？曰，五月。何月当产？曰，七月。因问先兄，人十月而生，鬼皆三月而产乎？曰，是。鬼与人之不同如是，宜女年十一而可嫁也。"

"六月十二日，问次女应科，子女同来几人？杏儿代答曰，十人。余大惊以为误，反复诘之，答如故。呼闰妹问之，言与杏儿同。问嫁才五年，何得产许多，岂一年产几次乎？曰，是。余始知鬼与人迥别，几与猫犬无异，前闻杏儿娶妇十一岁，以为无此事，今合而观之，鬼固不可以人理测也。"

"十九日，问杏儿，寿春叔祖现在否？曰，死。死几年矣？曰，三年。死后亦用棺木葬乎？曰，用。至此始知鬼亦死，古人谓鬼死曰聻，信有之，盖阴间所产者即聻所投也。"

以上各节对于鬼之婚丧生死诸事悉有所发明，可为鬼的生活志之材料，很可珍重。公元1933年春游厂甸，于地摊得此册，白纸木活字，墨笔校正，清雅可喜。《乩谈日记》及《补笔》最有意思，记述地下情形颇为详细，因虑纸短不及多抄，正编未

085

得到虽亦可惜，但当无乩坛纪事，则价值亦少减耳。吾读此编，觉得邵氏之说已有副署，然则鬼之生长正亦未可否认欤。

我不信鬼，而喜欢知道鬼的事情，此是一大矛盾也。虽然，我不信人死为鬼，却相信鬼后有人，我不懂什么是二气之良能，但鬼为生人喜惧愿望之投影则当不谬也。陶公千古旷达人，其《归园田居》云："人生似幻化，终当归空无。"《神释》云："应尽便须尽，无复独多虑。"在《拟挽歌辞》中则云："欲语口无音，欲视眼无光，昔在高堂寝，今宿荒草乡。"陶公于生死岂尚有迷恋，其如此说于文辞上固亦大有情致，但以生前的感觉推想死后况味，正亦人情之常，出于自然者也。常人更执着于生存，对于自己及所亲之翳然而灭，不能信亦不愿信其灭也，故种种设想，以为必继续存在，其存在之状况则因人民地方以至各自的好恶而稍稍殊异，无所作为而自然流露，我们听人说鬼实即等于听其谈心矣，盖有鬼论者忧患的人生之鸦片烟，人对于最大的悲哀与恐怖之无可奈何的慰藉，"风流士女可以续未了之缘，壮烈英雄则曰二十年后又是一条好汉"。相信唯物论的便有祸了，如精神倔强的人麻醉药不灵，只好醒着割肉。关公刮骨固属英武，然实亦冤苦，非凡人所能堪受，则其乞救于吗啡者多，无足怪也。《乩谈日记》云：

"八月初一日，野鬼上乩，报萼贞投生。问何日，书七月三十日。问何地，曰，城中。问其姓氏，书不知。亲戚骨肉历久不投生者尽于数月间陆续而去，岂产者独盛于今年，故尽去充数耶？不可解也。杏儿之后能上乩者仅留萼贞一人，若斯言果确，则扶鸾之举自此止矣。"读此节不禁黯然。《望杏楼志痛编补》一卷为我所读过的最悲哀的书之一，每翻阅辄如此想。如有大创痛人，饮吗啡剂以为良效，而此剂者乃系家中煮糖而成，路人旁观亦哭笑不得。自己不信有鬼，却喜谈鬼，对于旧生活里的迷信且大有同情焉，此可见不佞之老矣，盖老朽者有些渐益苛刻，有的亦渐益宽容也。

一九三四年四月

（选自周作人《夜读抄》，北新书局，1934年版）

刘青园《常谈》

周作人

近来随便翻阅前人笔记,大抵以清朝人为主,别无什么目的,只是想多知道一点事情罢了。郭柏苍著《竹间十日话》序云:

"十日之话阅者可一日而毕,阅者不烦,苟欲取一二事以订证则甚为宝重,凡说部皆如此。药方至小也,可以已疾。开卷有益,后人以一日之功可闻前人十日之话,胜于闲坐围棋挥汗观剧矣。计一生闲坐围棋挥汗观剧,不止十日也。苍生平不围棋不观剧,以围棋之功看山水,坐者未起,游者归矣。以观剧之功看杂著,半响已数十事矣。"这一节话说得极好。我也是不会围棋的,剧也已有三十年不观了,我想匀出这种一点工夫来看笔记,希望得到开卷之益,可是成绩不大好,往往呆看了大半天,正如旧友某氏说,只看了一个该死。我的要求本来或者未免稍苛亦未可知,我计较他们的质,又要估量他们的文。

所以结果是谈考据的失之枯燥,讲义理的流于迂腐。传奇志异的有两路,风流者浮诞,劝戒者荒谬,至于文章写得干净,每则可以自成一篇小文者,尤其不可多得。我真觉得奇怪,何以中国文人这样喜欢讲那一套老话,如甘蔗滓的一嚼再嚼,还有那么好的滋味。最显著的一例是关于所谓逆妇变猪这类的纪事。在阮元的《广陵诗事》卷九中有这样的一则云:

"宝应成安若康保《皖游集》载,太平寺中一豕现妇人足,弓样宛然,同游诧为异,余笑而解之曰,此必妒妇后身也,人彘之冤今得平反矣,因成一律,以《偶见》命题云。忆元幼时闻林庚泉云,曾见某处一妇不孝其姑遭雷击,身变为彘,唯头为人,后脚犹弓样焉,越年余复为雷殛死。始意为不经之谈,今见安若此诗,觉天地之大事变之奇,真难于恒情度也。惜安若不向寺僧究其故而书之。"阮云台本非俗物,于考据辞章之学也有成就,乃喜记录此等恶滥故事,殊不可解,且当初不信林庚泉,而后来忽信成安若以至不知为谁之寺僧,尤为可笑。世上不乏妄人,编造《坐花志果》等书,灾梨祸枣,汗牛充栋,几可自成一库,则亦听之而已,雷塘庵主奈何也落此窠臼耶。中国人虽说是历来受儒家的熏陶,可是实在不能达到"未能事人焉能事鬼"的态度,一面固然还是"未知生",一面对于所谓腊月二十八的问题却又很关心,于是就参照了眼前的君主专制制度建设起一个冥司来,以寄托其一切的希望与喜惧。这是大众的意志,读书人原是其中的一分子,自然是同感的,却要保留他们的优越,去拿出古人说的本不合理的"神道设教"的一句话来做解说,于是士大夫的神学也就成立了。民间自有不成文的神话与仪式,成文的则有《玉历钞传》《阴骘文》《感应篇》《功过格》,这在读书人的书桌上都是与孔教的经有并列的资格的。照这个情形看来,中国文人思想之受神道教的支配正是不足怪的事情,不过有些杰出的人于此也还未能免俗,令人觉得可惜,因此他们所记的这好些东西只能供给我们作材料,去考证他们的信仰,却不足供我们的玩味欣赏了。

对于鬼神报应等的意见我觉得刘青园的要算顶好。青园名玉书,汉军正蓝旗,故书署辽阳玉书,生于乾隆三十二年(一七六七年),所著有《青园诗草》四卷,《常谈》四卷,行于世。《常谈》卷一有云:

"鬼神奇迹不止匹夫匹妇言之凿凿,士绅亦尝及之。唯余风尘斯世未能一见,殊不可解。或因才不足以为恶,故无鬼物侵陵,德不足以为善,亦无神灵呵护。平庸坦率,无所短长,眼界固宜如此。"又云:

"言有鬼言无鬼,两意原不相背,何必致疑。盖有鬼者指古人论鬼神之理言,无鬼者指今人论鬼神之事言。"这个说法颇妙。刘本系儒家,反释道而不敢议周孔,故其说鬼神云于理可有而于事则必无也。又卷三云:

"余家世不谈鬼狐妖怪事,故幼儿辈曾不畏鬼,非不畏,不知其可畏也。知狐狸,不知狐仙。知毒虫恶兽盗贼之伤人,不知妖魅之祟人，亦曾无鬼附人之事。又不知说梦占梦详梦等事。"又一则列举其所信，有云：

"信祭鬼神宜诚敬，不信鬼神能监察人事。信西方有人其号为佛，不信佛与我有何干涉。信圣贤教人以伦常，不信圣贤教人以诗文。信医药可治病，不信灵丹可长生。信择地以安亲，不信风水能福子孙。信相法可辨贤愚邪正，不信面目能见富贵功名。信死亡之气疠疫之气触人成疾，不信殃煞扑人疫鬼祟人。信阴阳和燥湿通蓄泄有时为养，不信精气闭涸人事断绝为道。信活泼为生机，不信枯寂为保固。信祭祀祖先为报本追远，不信冥中必待人间财物为用。似此之类不一而足，忆及者志之，是非亦不问人，亦不期人必宜如此。"此两则清朗通达，是儒家最好的境地，正如高骏烈序文中所说："使非行己昭焯，入理坚深，事变周知，智识超旷，何以及此。"不算过誉，其实亦只是懂得人情物理耳，虽然他攻异端时往往太有儒教徒气，如主张将"必愿为僧者呈明尽宫之"，也觉得幼稚可笑。卷三又论闱中果报云：

"乡会两闱，其间或有病者疯者亡者缢者刎者，士子每惑于鬼神报复相骇异。余谓此无足怪。人至万众，何事不有，其故非一，概论之皆名利萦心，得失为患耳。当其时默对诸题，文不得意，自顾绝无中理，则百虑生焉，或虑贫不能归，或忧饥寒无告，或惧父兄谴责，或耻亲朋讪笑，或债负追逼，或被人欺骗，种种虑念皆足以致愚夫之短见，而风寒劳瘁病亡更常情也，恶足怪。若谓冤鬼缠扰，宿孽追寻，何时不可，而必俟场期耶。倘其人不试，将置沉冤于不问乎。此理易知，又何疑焉。人每津津谈异，或以警士子之无行者，然亦下乘矣。犹忆己酉夏士子数人肄业寺中，谈某家闺阃事甚媟，一士摇手急止之曰：'不可不可，场期已近，且戒口过，俟中后再谈何害。'噫，士习如此，其学可知。"在《乡闱纪异》这类题目的故事或单行本盛行的时候，能够有如此明通的议论，虽然不过是常识，却也正是卓识了。卷一又有一则，论古今说鬼之异同，也是我所喜欢的小文：

"说鬼者代不乏人，其善说者唯左氏晦翁东坡及国朝蒲留仙纪晓岚耳，第考其旨趣颇不相类。盖左氏因事以及鬼，其意不在鬼。晦翁说之以理，略其情状。东坡晚年厌闻时事，强人说鬼，以鬼自晦者也。蒲留仙文致多辞，殊生鬼趣，以鬼为戏者也，唯晓岚旁征远引，劝善警恶，所谓以鬼道设教，以补礼法所不足、王法所不及者，可谓善矣，第缙绅先生夙为人望，斯言一出，只恐释黄巫觋九幽十八狱之说借此得为口实矣。"以鬼道设教，既有益于人心世道，儒者宜赞许之，但他终致不满，这也是他的长处，至少总是一个不夹杂道士气的儒家，其纯粹处可取也。又卷三有一则云：

"余巷外即通衢，地名江米巷，车马络绎不绝。乾隆年间有重车过辙，忽陷其轮，启视之，井也，盖久闭者，因负重石折而复现焉。里人因而汲饮，亦无他异，而远近好事者遂神其说，言龙见者，言出云者，言妖匿者，言中毒者，有窥探者，倾听者，惊怪者，纷纷不已。余之相识亦时来询访，却之不能，辨之不信，聒噪数月始渐息。甚矣，俗之尚邪，无怪其易惑也。"此事写得很幽默，许多谈异志怪的先生们都受了一番奚落，而阮云台亦在其中，想起来真可发一笑。

七月十八日于北平

（选自周作人《苦竹杂记》，岳麓书社，1987年版）

说鬼

周作人

近来很想看前人的随笔,大抵以清朝人为主,因为比较容易得到,可是总觉得不能满意。去年在读《洗斋病学草》中的小文里曾这样说:

"我也想不如看笔记,然而笔记大多数又是正统的,典章,科举,诗话,忠孝节烈,神怪报应,讲来讲去只此几种,有时候翻了二十本书结果仍是一无所得。我不知道何以大家多不喜欢记录关于社会生活自然名物的事,总是念念不忘名教,虽短书小册亦复如是,正如种树卖柑之中亦寄托治道,这岂非古文的流毒直渗进小说杂家里去了么。"话虽如此,这里边自然也有个区别。神怪报应类中,谈报应我最嫌恶,因为它都是寄托治道,非记录亦非文章,只是浅薄的宣传,虽然有一部分迷信的分子也可以作民俗学的资料。志怪述异还要好一点,如《聊斋》那样的创作可作文艺看,若是信以为真地记述奇事,文字又不太陋劣，自然更有可取的地方。日前得到海昌俞氏丛刻的零种，俞霞轩的《翏莫子杂识》一卷，其子少轩的《高辛砚斋杂著》一卷，看了很有意思，觉得正是一个好例子。

《翏莫子杂识》是日记体的，记嘉庆廿二年至廿五年间两年半的事情，其中叙杭州海宁的景色颇有佳语，如嘉庆廿四年四月初四日夜由万松岭至净居庵一节云：

"脱稿，街衢已黑，急挟卷上万松岭，林木阴翳，寒风逼人。交卷出，路昏如翳，地荒凉无买烛所，乘暗行义冢间，蔓草没膝。有人执灯前行，就之不见，忽又在远。虫嘶鸟啾，骨动胆裂。过禹王庙，漆云蔽前，凉雨簌簌洒颈，风吹帽欲落，度雨且甚，惶骇足战战，忽前又有灯火，则双投桥侧酒家也。狂喜入肆，时饥甚，饮酒两盏，杂食腐筋蚕豆，稍饱。出肆行数步，雨如倾，衣履尽湿，不能行，愁甚无策，陡念酒肆当有雨盖，返而假之，主人甚贤，慨然相付，然终无灯。二人相倚行，暗揣道路，到鸳鸯冢边，耳中闻菰蒲瑟瑟声，心知临水，以伞拄地而步，恐坠入湖。忽空山嗷然有声，继以大笑，魂魄骇飞，凝神静听，方知老鸦也。行数步，长人突兀立于前，又大怖，注目细看，始辨是塔，盖至净慈前矣。然雨益急，疾趋入兴善社，幽森凉寂，叩净居庵门，良久雏僧出答。"可是《杂识》中写别的事情都不大行，特别是所记那些报应，意思不必说了，即文字亦大劣，不知何也。《高辛砚斋杂著》凡七十八则，几乎全是志异，也当然要谈报应而不多，其记异闻仿佛是完全相信似的，有时没有什么结论，云后亦无他异，便觉得比较的可读，也更朴实地保存民间的俗信。如第一则记某公在东省署课读时夜中所见云：

"窗外立一人，面白身火赤，向内嬉笑。忽跃入，径至仆榻，伸手入帐，捩其头拔出吸脑有声，脑尽掷去头，复探手攫肠胃，仍跃云。……某术士颇神符箓，闻之曰，此红僵也，幸面尚白，否则震霆不能诛矣。"俗传僵尸有两种，即白僵与红僵是也，此记红僵的情状，实是僵尸考中的好资料。第四则云：

"海盐傅某曾游某省，一日独持雨盖行山中，见虎至，急趋入破寺，缘佛厨升梁伏焉。少顷虎衔一人至，置地上，足尚动，虎再拨之，人忽起立自解衣履，仍赤体状，虎裂食尽摇尾去，傅某得窜遁。后年八十余，粹庵听其自述云。"此原是虎伥的传说，而写得很可怕，中国关于鬼怪的故事中僵尸固然最是凶残，虎伥却最是阴惨，都很值得注意研究。第五则云：

"黄铁如者名楷，能文，善视鬼，并知鬼事。据云，每至人家，见其鬼香灰色则平安无事，如有将落之家，则鬼多淡黄色。又云，鬼长不过二尺余，如鬼能修善则日长，可与人等，或为淫厉，渐短渐灭，至有仅存二眼旋转地上者。亦奇矣。"两只眼睛在地上旋转，这可以说是谈鬼的杰作。王小穀著《重论文斋笔录》卷二云：

"曾记族朴存兄淳言，（兄眼能见鬼，凡黑夜往来俱不用灯。）凡鬼皆依附墙壁而行，不能破空，疫鬼亦然，每遇墙壁必如蚓却行而后能入。常鬼如一团黑气，不辨面目，其有面目而能破空者则是厉鬼，须急避之。"

"兄又言鬼最畏风，遇风则牢握草木，蹲伏不能动。"

"兄又云，《左传》言故鬼小新鬼大，其说确不可易，至溺死之鬼则新小而故大，其鬼亦能登岸，逼视之如烟云销灭者，此新鬼也。故鬼形如槁木，见人则跃入水中，水有声而不散，故无圆晕。"所说虽不尽相同，也是很有意思的话，可以互相发明。我这里说有意思，实在就是有趣味，因为鬼确实是极有趣味也极有意义的东西。我们喜欢知道鬼的情状与生活，从文献从风俗上各方面去搜求，为的可以了解一点平常不易知道的人情，换句话说就是为了鬼里边的人。反过来说，则人间的鬼怪伎俩也值得注意，为的可以认识人里边的鬼吧。我的打油诗云，"街头终日听谈鬼"，大为志士所诃，我却总是不管，觉得那鬼是怪有趣的物事，舍不得不谈，不过诗中所谈的是哪一种，现在且不必说。至于上边所讲的显然是老牌的鬼，其研究属于民俗学的范围，不是讲玩笑的事，我想假如有人决心去作"死后的生活"之研究，实是学术界上破天荒的工作，很值得称赞的。英国苇来则博士有一部书专述各民族对于死者之恐怖，现在如只以中国为限，却将鬼的生活详细地写出，虽然是极浩繁困难的工作，值得当博士学位的论文，但亦极有趣味与实益，盖此等处反可以见中原民族的真心实意，比空口叫喊固有道德如何的好还要可信凭也。刘青园在《常谈》中有云：

"信祭祀祖先为报本追远，不信冥中必待人间财物为用。"这是明达的意识，是个人言行的极好指针，唯对于世间却可以再客观一点，为进一解曰，不信冥中必待人间财物为用，但于此可以见人情，所谓慈亲孝子之用心也。自然也有恐怖，特别是对于孤魂厉鬼，此又是"分别予以安置，俾免闲散生事"之意乎。

（选自周作人《苦竹杂记》，岳麓书社，1987年版）

谈鬼论

周作人

三年前我偶然写了两首打油诗，有一联云：街头终日听谈鬼，窗下通年学画蛇。有些老实的朋友见之哗然，以为此刻现在不去奉令喝道，却来谈鬼的故事，岂非没落之尤乎。这话说得似乎也有几分道理，可是也不能算对。盖诗原非招供，而敝诗又是打油诗也，滑稽之言，不能用了单纯的头脑去求解释。所谓鬼者焉知不是鬼话，所谓蛇者或者乃是蛇足，都可以讲得过去，若一一如字直说，那么真是一天十二小时站在十字街头听《聊斋》，一年三百六十五日坐在南窗下临《十七帖》，这种解释难免为姚首源所评为痴叔矣。据《东坡事类》卷十三神鬼类引《癸辛杂识》序云：

"坡翁喜客谈，其不能者强之说鬼，或辞无有，则曰，姑妄言之。闻者绝倒。"说者以为东坡晚年厌闻时事，强人说鬼，以鬼自晦者也。东坡的这件故事很有意思，是否以鬼自晦，觉得也颇难说，但是我并无此意则是自己最为清楚的。虽然打油诗的未必即是东坡客之所说，虽然我亦未必如东坡之厌闻时事，但假如问是不是究竟喜欢听人说鬼呢，那么我答应说，是的。人家如要骂我应该从现在骂起，因为我是明白地说出了，以前关于打油诗的话乃是真的或假的看不懂诗句之故也。

话虽如此，其实我是与鬼不大有什么情分的。辽阳刘青园著《常谈》卷一中有一则云：

"鬼神奇迹不止匹夫匹妇言之凿凿，士绅亦尝及之。唯余风尘斯世未能一见，殊不可解。或因才不足以为恶，故无鬼物侵陵，德不足以为善，亦无神灵呵护。平庸坦率，无所短长，眼界固宜如此。"金溪李登斋著《常谈丛录》卷六有"性不见鬼"一则云：

"予生平未尝见鬼形，亦未尝闻鬼声，殆气禀不近于阴耶。记少时偕族人某宿鹅塘杨甥家祠堂内，两室相对，晨起某蹙然曰，昨夜鬼叫呜呜不已，声长而亮，甚可畏。予谓是夜行者戏作呼啸耳，某曰，略不似人声，乌有寒夜更深奔走正苦而欢娱如是者，必鬼也。予终不信。越数日予甥杨集益秀才夫妇皆以暴病相继殁，是某所闻者果为世所传勾摄之走无常耶。然予与同堂隔室宿，殊不闻也。郡城内广寿寺前左有大宅，李玉渔庶子传熊故居也，相传其中多鬼，予尝馆寓于此，绝无所闻见。一日李拔生太学偕客来同宿东房，晨起言夜闻鬼叫如鸭，声在壁后呀呷不已，客亦谓中夜拔生以足蹴使醒，听之果有声，拥被起坐，静察之，非虫非鸟，确是鬼鸣。然予亦与之同堂隔室宿，竟寂然不闻，询诸生徒六七人，悉无闻者，用是亦不深信。拔生因述往岁曾以讼事寓此者半年，每至交夜则后堂啼叫声，或如人行步声，器物门壁震响声，无夕不有，甚或若狂恣猖披几难言状。然予居此两载，迄无闻见，且连年夏中俱病甚，恒不安寐，宵深每强出卧堂中炕座上，视广庭月色将尽升檐际，乃复归室，其时旁无一人，亦竟毫无影响。诸小说家所称鬼物虽同地同时而闻见各异者甚多，岂不有所以异者耶。若予之强顽，或鬼亦不欲与相接于耳目耶。不近阴之说尚未必其的然也。"李书有道光二十八年序，刘书记有道光十八年事，盖时代相同，书名又均称常谈，其不见鬼的性格也相似，可谓巧合。予生也晚，晚于刘李二君总将一百年吧，而秉性愚拙，不能活见鬼，因得附骥尾而成鼎足，殊为光荣之至。小时候读《聊斋》等志异书，特别是《夜谈随录》的影响最大，后来脑子里永远留下了一块恐怖的黑影，但是我是相信神灭论的，也没有领教过鬼的尊容或其玉音，所以鬼之于我可以说是完全无缘的了。——听说十王殿上有一块匾，文曰："你也来了！"这个我想是对那怙恶不悛的人说的。纪晓岚著《滦阳消夏录》卷四有一条云：

"边随园征君言，有入冥者，见一老儒立庑下，意甚惶遽。一冥吏似是其故人，揖与寒温毕，拱手对之笑曰，先生平日持无鬼论，不知先生今日果是何物。诸鬼皆粲然，老儒猬缩而已。"《阅微草堂笔记》多设词嘲笑老儒或道学家，颇多快意，此亦其一例，唯因不喜程朱而并恶无鬼论原是讲不通，于不佞自更无关系，盖不佞非老儒之比，即是死后也总不会变鬼者也。

这样说来，我之与鬼没有什么情分是很显然的了，那么大可干脆分手了事。不过情分虽然没有，兴趣却是有的，所以不信鬼而仍无妨喜说鬼，我觉得这不是不合理的事。我对于鬼的故事有两种立场不同的爱好。一是文艺的，一是历史的。关于第一点，我所要求的是一篇好故事，意思并不要十分新奇，结构也无须怎么复杂，可是文章要写得好，简洁而有力。其内容本来并不以鬼为限，自宇宙以至苍蝇都可以，而鬼自然也就是其中之一。其体裁是，我觉得志怪比传奇为佳，举个例来说，与其取《聊斋志异》的长篇还不如《阅微草堂笔记》的小文，只可惜这里也绝少可以中选的文章，因为里边如有了世道人心的用意，在我便当做是值得红勒帛的一个大瑕疵了。四十年前读段柯古的《酉阳杂俎》，心甚喜之，至今不变，段君诚不愧为三十六之一，所写散文多可读。《诺皋记》卷中有一则云：

"临川郡南城县令戴察初买宅于馆娃坊，暇日与弟闲坐厅中，忽听妇人聚笑声或近或远，察颇异之。笑声渐近，忽见妇人数十散在厅前，倏忽不见，如是累日，察不知所为。厅阶前枯梨树大合抱，意其为祥，因伐之。根下有石露如块，掘之转阔，势如鳖形，乃火上沃醯，凿深五六尺不透。忽见妇人绕坑抵掌大笑，有顷共牵察入坑，投于石上，一家惊惧之际妇人复还大笑，察亦随出。察才出，又失其弟，家人恸哭，察独不哭曰，他亦甚快活,何用哭也。察至死不肯言其情状。"此外如举人孟不疑,独孤叔牙,虞候景乙,宣平坊卖油人各条,亦均有意趣。盖古人志怪即以此为目的,后人则以此为手段,优劣之分即见于此,虽文辞美富,叙述曲折,勉为时世小说面目,亦无益也。其实宗旨信仰在古人似亦无碍于事,如佛经中不乏可喜的故事短文,近读梁宝唱和尚所编《经律异相》五十卷,常作是想,后之作者气度浅陋,便难追及,只缘面目可憎,以致语言亦复无味,不然单以文字论则此辈士大夫岂不绰绰然有余裕哉。

第二所谓历史的,再明了地说即是民俗学上的兴味。关于这一点我曾经说及几次,如在《河水鬼》《鬼的生成》《说鬼》诸文中,都讲过一点儿。《鬼的生长》中云:

"我不信鬼,而喜欢知道鬼的事情,此是一大矛盾也。虽然,我不信人死为鬼,却相信鬼后有人,我不懂什么是二气之良能,但鬼为生人喜惧愿望之投影则当不谬也。陶公千古旷达人,其《归园田居》云,'人生似幻化,终当归空无'。《神释》云,'应尽便须尽,无复更多虑'。在《拟挽歌辞》中则云,'欲语口无音,欲视眼无光,昔在高堂寝,今宿荒草乡'。陶公于生死岂尚有迷恋,其如此说于文辞上固亦大有情致,但以生前的感觉推想死后况味,正亦人情之常,出于自然者也。常人更执着于生存,对于自己及所亲之翳然而灭,不能信亦不愿信其灭也,故种种设想,以为必继续存在,其存在之状况则因人民地方以至各自的好恶而稍稍殊异,无所作为而自然流露,我们听人说鬼实即等于听其谈心矣。"(一九三四年四月)这是因读《望杏楼志痛编补》而写的,故就所亲立论,原始的鬼的思想之起源当然不全如此,盖由于恐怖者多而情意为少也。又在《说鬼》(一九三五年十一月)中云:

"我们喜欢知道鬼的情状与生活,从文献从风俗上各方面去搜求,为的可以了解一点平常不易知道的人情,换句话说就是为了鬼里边的人。反过来说,则人间的鬼怪伎俩也值得注意,为的可以认识人里边的鬼吧。我的打油诗云,'街头终日听谈鬼',大为志士所诃,我却总是不管,觉得那鬼是怪有趣的物事,舍不得不谈,不过诗中所谈的是哪一种,现在且不必说。至于上边所讲的显然是老牌的鬼,其研究属于民俗学的范围,不是讲玩笑的事,我想假如有人决心去作'死后的生活'的研究,实是学术界上破天荒的工作,很值得称赞的。英国茀来则博士(J. G. Frazer)有一部大书专述各民族对于死者之恐怖,现在如只以中国为限,却将鬼的生活详细地写出,虽然是极浩繁困难的工作,值得当博士学位的论文,但亦极有趣味与实益,盖此等处反可以见中原民族的真心实意,比空口喊叫固有道德如何的好还要可凭信也。"照这样去看,那么凡一切关于鬼的无不是好资料,即上边被骂为面目可憎语言无味的那些亦都在内,别无好处可取,而说者的心思毕露,所谓如见其肺肝然也。此事当然需要专门的整理,我们外行人随喜涉猎,略就小事项少材料加以参证,稍见异同,亦是有意思的事。如眼能见鬼者所说，俞少轩的《高辛砚斋杂著》第五则云：

"黄铁如者名楷，能文，善视鬼，并知鬼事。据云，每至人家，见其鬼香灰色则平安无事，如有将落之家，则鬼多淡黄色。又云，鬼长不过二尺余，如鬼能修善则日长，可与人等，或为淫厉，渐短渐灭，至有仅存二眼旋转地上者。亦奇矣。"王小穀的《重论文斋笔录》卷二中有数则云：

"曾记族朴存兄淳言，（兄眼能见鬼，凡黑夜往来俱不用灯。）凡鬼皆依附墙壁而行，不能破空，疫鬼亦然，每遇墙壁必如蚓却行而后能入。常鬼如一团黑气，不辨面目，其有面目而能破空者则是厉鬼，须急避之。"

"兄又言，鬼最畏风，遇风则牢握草木蹲伏不敢动。"

"兄又云，《左传》言故鬼小新鬼大，其说确不可易，至溺死之鬼则新小而故大，其鬼亦能登岸，逼视之如烟云消灭者，此新鬼也。故鬼形如槁木，见人则跃入水中，水有声而不散，故无圆晕。"纪晓岚的《滦阳消夏录》卷二云：

"扬州罗两峰目能视鬼，曰凡有人处皆有鬼。其横亡厉鬼多年沉滞者率在幽房空宅中，是不可近，近则为害。其憧憧往来之鬼，午前阳盛多在墙阴，午后阴盛则四散游行，可穿壁而过，不由门户，遇人则避路，畏阳气也，是随处有之，不为害。又曰，鬼所聚集恒在人烟密簇处，僻地旷野所见殊希。喜围绕厨灶，似欲近食气，又喜入溷厕，则莫明其故，或取人迹罕到耶。"罗两峰是袁子才的门人，想随园著作中必有说及其能见鬼事，今不及翻检，但就上文所引也可见一斑了。其所说有异同处最是好玩，盖说者大抵是读书人，所依据的与其说是所见毋宁是其所信，这就是一种理，因为鬼总是阴气，所以甲派如王朴存说鬼每遇墙壁必如蚓却行而后能入，盖以其为阴，而乙派如罗两峰则云鬼可穿壁而过，殆以其为气也。其相同之点转觉无甚意思，殆因说理一致，或出于因袭，亦未可知。如纪晓岚的《如是我闻》卷三记柯禺峰遇鬼事，有云：

"睡至夜半，闻东室有声如鸭鸣，怪而谛视。时明月满窗，见黑烟一道从东室门隙出，着地而行，长丈余，蜿蜒如巨蟒，其首乃一女子，鬖鬓俨然，昂首仰视，盘旋地上，作鸭鸣不止。"又《槐西杂志》卷四记一奴子妇为狐所媚，每来必换一形，岁余无一重复者，末云：

"其尤怪者，妇小姑偶入其室，突遇狐出，一跃即逝。小姑所见是方巾道袍人，白须鬖鬖，妇所见则黯黑垢腻一卖煤人耳。同时异状，更不可思议。"此两则与《常谈丛录》所说李拔生夜闻鬼叫如鸭，又鬼物同时同地而闻见各异语均相合，则恐是雷同，当是说鬼的传统之一点滴，但在研究者却殊有价值耳。罗两峰所画《鬼趣图》很有名，近年有正书局有复印本，得以一见，乃所见不逮所闻远甚。图才八幅，而名人题咏有八十通，可谓巨观，其实图也不过是普通的文人画罢了，较《玉历钞传》稍少匠气，其鬼味与谐趣盖犹不及吾乡的大戏与目连戏，倘说此是目击者的描写，则鬼世界之繁华不及人间多多矣。——这回论语社发刊鬼的故事专号，不远千里征文及于不佞，重违尊命，勉写小文，略述谈鬼的浅见，重读一过，缺乏鬼味谐趣，比罗君尤甚，既无补于鬼学，亦不足以充鬼话，而犹妄评昔贤，岂不将为九泉之下所抵掌大笑耶。

一九三六年六月十一日，于北平之智堂。

（选自周作人《瓜豆集》，上海宇宙风社，1937年版）

失掉的好地狱

鲁　迅

　　我梦见自己躺在床上,在荒寒的野外,地狱的旁边。一切鬼魂们的叫唤无不低微,然有秩序,与火焰的怒吼,油的沸腾,钢叉的震颤相和鸣,造成醉心的大乐,布告三界:地下太平。

　　有一伟大的男子站在我面前,美丽,慈悲,遍身有大光辉,然而我知道他是魔鬼。

　　"一切都已完结,一切都已完结!可怜的鬼魂们将那好的地狱失掉了!"他悲愤地说,于是坐下,讲给我一个他所知道的故事——

　　"天地作蜂蜜色的时候,就是魔鬼战胜天神,掌握了主宰一切的大威权的时候。他收得天国,收得人间,也收得地狱。他于是亲临地狱,坐在中央,遍身发大光辉,照见一切鬼众。

　　"地狱原已废弛得很久了:剑树消却光芒;沸油的边际早不腾涌;大火聚有时不过冒些青烟,远处还萌生曼陀罗花,花极细小,惨白可怜。——那是不足为奇的,因为地上曾经大被焚烧,自然失了他的肥沃。

"鬼魂们在冷油温火里醒来,从魔鬼的光辉中看见地狱小花,惨白可怜,被大蛊惑,倏忽间记起人世,默想至不知几多年,遂同时向着人间,发一声反狱的绝叫。

"人类便应声而起,仗义执言,与魔鬼战斗。战声遍满三界,远过雷霆。终于运大谋略,布大网罗,使魔鬼并且不得不从地狱出走。最后的胜利,是地狱门上也竖了人类的旌旗!

"当鬼魂们一齐欢呼时,人类的整饬地狱使者已临地狱,坐在中央,用了人类的威严,叱咤一切鬼众。

"当鬼魂们又发一声反狱的绝叫时,即已成为人类的叛徒,得到永劫沉沦的罚,迁入剑树林的中央。

"人类于是完全掌握了主宰地狱的大威权,那威棱且在魔鬼以上。人类于是整顿废弛,先给牛首阿旁以最高的俸草;而且,添薪加火,磨砺刀山,使地狱全体改观,一洗先前颓废的气象。

"曼陀罗花立即焦枯了。油一样沸;刀一样铦;火一样热;鬼众一样呻吟,一样宛转,至于都不暇记起失掉的好地狱。

"这是人类的成功,是鬼魂的不幸⋯⋯。

"朋友,你在猜疑我了。是的,你是人!我且去寻野兽和恶鬼⋯⋯。"

一九二五年六月十六日

(选自《鲁迅全集》第2卷,人民文学出版社,1981年版)

"鬼"的箭垛

曹聚仁

执笔谈鬼,空空洞洞的全无把握。我只能谈谈那些"谈鬼"的事,鬼虽渺茫不可知,而前贤谈鬼,则有明文可证。

人,一直就那么寂寞的,人生朝露之感,三千年前的哲人,五千年前的诗人,先我们而怆然泪下了。在"无可奈何"的寂寞旅程中,如漂没在洪流上的人,抓着了一根水草就做起梦来;人类文化史上留着许多"事出有因,查无实据"的幻梦,"涸辙之鲋,相濡以沫,相煦以湿",鬼的故事的产生,大概也是这类可哀的幻梦之一吧!

老老实实说,我是不愿意做鬼的。(如前贤所幻设的鬼世界。)人类用小箭垛来幻设的种种,以鬼的故事为最黯淡无光。一旦为"鬼",那副嘴脸就有点不中看:披头散发,七孔流血,舌头伸在嘴外,半尺来长;那叫的声音,又和上刀砧那一刻的猪叫声极相像。或者是一个无头鬼,或者是一个大头鬼,或者是一个没有五官的鬼,或者是一个浑身出毛的鬼,流传在民众的口头和流传在蒲松龄、纪昀、袁枚的笔下,都是这类吓人的样儿。(段柯古《酉阳杂俎》:"奉天县姓刘者病狂,其家迎禁咒人治之。刘忽起杖薪至田中,状如击物,返曰:'我病已矣,适打一鬼,头落,埋于里中。同往验焉。'刘掘出一髑髅,戴赤发数十茎,病竟愈。"又《睽车志》:"嵇中散弹琴,忽有人面甚小,须臾转大,单衣葛带。"古来对于鬼的形貌,亦未有善为安排者。)我看这不是"鬼"的图样,这是"死"的影片;我们的怯弱的灵魂,给"死"这魔手吓够了。千人之中,康健保天年而死的不过一二人;其余水、火、干戈、种种横死的十有二三,而殇折夭亡或未满天年罹疾病以死的十有七八。油干火熄,怡然瞑目,口含笑容的,我闻其语,未见其人;憧憧往来,在我们眼前的,只是那些横死的暴疾久病以死的人们的恶形恶相。拿这样的形相做底子,渲染成为鬼的故事,自然只能使人战栗了。人类的老祖宗,积蓄了千万年和自然搏争的悲剧经验,而死之命运也为悲剧的形相之一,所以连把鬼的形相加一点美化的勇气都没有了,此其所以可哀也。

为鬼幻设十殿阎罗,幻设天堂地狱,幻设鬼市鬼城,也是很可哀的,因为这又是以人间作底稿的蜃楼。老子说得好:"天地不仁,以万物为刍狗。"污池积了一泓浊水,其间蝌蚪繁生,孑孑浮动,还有许多蚂蟥、蚯蚓屈曲在池的边上,俨然是一个生存竞争的修罗场;随你优胜也好,劣败也好,老天并不管这笔账，只要晴热几天，把池水晒干了；蝌蚪、孑孓、蚂蝗、蚯蚓一起变成焦土，什么账都不必算了。人一走入鬼门关，也就在刍狗之列，谁耐烦为你来算账呢？城隍殿的门口，挂着一把大算盘，这算盘究竟从何打起？孔子云："未知生，焉知死？"人类对于生的意念的执着，从死的种种看法正可以窥测一点生的消息呢。出了鬼门关，就要走上奈何桥，又说先要上一上望乡台；望乡台上看见自己的高楼大厦，听自己妻妾儿女的号啕大哭，那情怀有点近于游子他乡，不免于涕泗纵横吧；然而回头看看，当我们走上生的旅途，一步挨一步地并不十分起劲，如挑重担上长途，早早巴望一个永久的休息；一旦果然如愿，为什么不欣然就道，偏要上"望乡台"，过"奈何桥"呢？阎罗十殿，相传都是人间正直的人，死后去做阎王；包龙图当日，好像生前已兼理鬼事。照此传说，仿佛嘲笑造物主的无能，说他不能于"人"以外再造出了全知全能的健全灵魂。人间世坎坷不平，满眼都是缺陷；而鬼间世，又仿佛大海一样，表面一平如镜，底里依旧是坎坷不平，甚或传染了人间世同样的罪恶。退一步讲，地狱天堂之设，若仅为人间世平反一些冤屈，翻个身来做一回；我就不懂造物主为什么先把人间世布成一个惨酷地狱呢？《聊斋》有一节记阿瞒之狱，经历了数十阎罗，并未结案；李秀才到阴司作阎罗，也只提勘曹操，笞二十下。阎罗之昏庸无能如此，岂不太可怜吗？（王渔洋说："鬼神以生人为之，此理不可晓。"蒲松龄云："阿瞒一案，想更数十阎罗矣，畜道剑山，种种具在，宜得何罪，不劳把取，乃数千年不决，何耶？"）人类的想象力，在这种地方，显得是很贫乏的；他们不敢于现有的社会组织以外设想一个新的合理的社会组织，甚且不敢于现在的官制以外，设想一种合理的审判制度；甚至不敢设想人间的活地狱可以打破改造，只诅咒似的替过骄奢淫逸生活的人们造出一个死后的地狱。人把鬼的世界布置得那么不合理，我们可以见得个人的反抗意识，即伏在下意识中也是多么怯弱！

陶渊明《归园田居》诗："人生似幻化，终当归空无。"鬼的生活，应该从"归空无"上着想；赤条条地来，应当赤条条地去。我对于鬼的传说，最觉得不满意的是关于鬼的模拟人生的日常生活那一部分。人生为饥寒所迫，劳劳以生，我们该以为很够很够的了。奄然死去，又说啼饥号寒，一样地劳劳以死，岂不是于"空虚"以上加一个更大的"空虚"吗？人赤条条以来，来时却带了生命来的，虽说劳劳以生，但用自己的气力总还可以"生"。现在赤条条以去，把生命丢在空虚之中了。和活人一样地一年四季要穿衣服，一天到晚要吃要喝，囊中无钱，依然要算是穷鬼；而"衣服""饮食""金钱"又并非用自己的气力可以挣得，要仰仗于自己血统有点关系的子孙，真是多么大的"空虚"。"野鬼""饿鬼""穷鬼"，鬼世界的社会不平等，比人间还多一重不能填没的缺恨；"有钱能使鬼推磨"，那样的鬼，大不如做"人"的好！我们看见冥国银行的钞票，一堆堆烧化成灰，鬼界中"人"，亦必发一苦笑吧。(《聊斋》记酒狂缪永定被拘入阴界，其舅为之疏解，缪喜曰："共得几何？"曰："十万。"曰："甥何处得如许？"贾曰："只金币钱纸百提，足矣。"缪喜曰："此易办耳。"可见冥间经济来源之可怜。)

　　最不可解的：从劳劳的生之旅途回来，经过一度审判，又转入十道轮回，重向生的旅途走去，仿佛鬼世界又只是暂时打尖的凉亭。这又为的是什么？十道轮回，我看畜生道也未必苦于"人"道；造物主对"人"的冷酷面孔，也未必甚于畜生；我也不懂变"虫豸"，变"鸟兽"，哪一部分不及变"人"。假使生命要有点变化，则十道轮回一一都经历过来，岂不格外有趣一点？人不独对于"生"的执着，对于人类自我也一样地执着，所以十道轮回的幻想，更是鲁莽灭裂不可究穷。人类并没有力量把鬼的世界布成一个健全的体系，处处显出人类向命运递降表的弱点；这样的鬼世界，我要严重抗议，我将来绝不愿意去！

（选自1936年《论语》九十一期）

乡人说鬼

老　向

　　乡下人在柳荫下，在小院中，在庙台上，在茶馆，在地头，在豆棚瓜架，在长工屋里，三三五五，时常地喜欢谈鬼。讲论朝政，他们不能也不敢；臧否人物，也怕祸从口出。茶棚旅舍到现在还不曾取消"莫谈国事"的戒条，然而并没有"禁止说鬼"。鬼是可以如人意的教他消长，教他善恶美丑，教他自由活动的，何乐而不谈？

　　"有鬼是千真万确的，不但古人遇见过鬼，描写过鬼，现在的人，在座的人就有跟鬼打过交道的。实际上，鬼是怕人的，人却可以不必怕鬼。怎么说呢？如果你是善人是好人，鬼不但不危害你，还要呵护你；你若是有福气的贵人，鬼还要服侍你，像大头鬼给贾尚书顶灯一样。你如果是个不善不恶的平常人，只要'不做亏心事'，也就'不怕鬼叫门'。而且俗话说得好，'神鬼怕恶人'，你即使是个多行不义、犯下十大条款的穷凶极恶，鬼也将要望影而逃，不敢招惹你。最值得担心的是，黑夜行路，促狭鬼推你一把，绊你一脚。但是，你若觉得心惊胆怯之时，搔一搔脑瓜皮，擦出几个火星儿来，也就足以把鬼吓跑而有余。许多家鬼外鬼，随时在暗地里窥伺你，似乎可怕了；但是，'一咒十年旺，神鬼不敢傍'，只要有你的长辈平辈不时地咒骂你几句，使你的八字壮起来，也就可以不怕遇见鬼了。鬼怕的东西太多了，怕火亮，怕鸡叫，怕符咒，怕弓箭，怕诗书，怕黑狗血，怕桃木橛；假若逢上个把鬼，慢说你咬中指，砸鼻子，只要你吐上两口唾沫，也就教那鬼东西吃不了兜着走。所以我说，人可以不怕鬼，鬼也并不可怕。人到了非鬼不怕，是鬼就怕的地步，恐怕他就不是个人了。"

"我知道鬼不但不可怕，有的还很可爱。一个光棍汉子，在花前月下正自孤单可怜，忽然来了个美丽俏皮的鬼娘儿们，这是多么美满的事！一个人行路，错过宿头，前不着村后不把店，天又黑了，肚子也饿了，忽然树林中露出一线灯光；前去叩门，恰好主妇是个少艾，女仆是个老妪，殷勤劝酒，加意招待。虽然第二天发现自己是睡在一座荒坟上，到底已经做了一夜好梦，可怪而并不可骇。至于有人逢到厉鬼，破腹剖心，多半是时衰运退空披着一张人皮的人，活着也没有什么大味儿了。"

"鬼分两类：有明鬼，有暗鬼。明鬼易制，暗鬼难防。前年东庄上的人命案，便是丈夫对自己的老婆起了疑心，'疑心生暗鬼'，他非出事不可了。那天晚上他在窗子外面明明听得他老婆和别人喝酒，谈情；他拿着斧头进屋去了，还明明看见是一男一女；等到斧头落下，暗鬼跑了，只剩下他的老婆正在做着针线被砍了。"

"鬼的可厌，在乎鬼诈；鬼而不诈，并不可厌。城里的鬼且不论，乡下鬼不但不诈，有的简直透着点儿傻里傻气的。前些年，有偷树的贼，东街上老杨他们天天夜里背着枪去看树。同时还带着牛角笛、鹌鹑网，捎带着捉鹌鹑。可是每逢他们把网下好，把牛角一吹，王家坟里就走出一个笨鬼来，模仿人的举动，人坐他也坐，人躺他也躺，人用手揉一揉眼睛，他也用手揉一揉眼睛。一连四五夜，他除了学习人的动作，似乎也没有什么其他的本领。这一夜，他见老杨吹牛角，他突然说：'我吹吹，我吹吹！'老杨觉得这个鬼东西怪有趣的，把枪口递给他说：'给你吹吧！'轰的一枪，那笨鬼一溜火光就跑了，再也不出来。"

"在年画上看见钟馗捉鬼，一物降一物，能降鬼的东西还有的是。以前常听见说有降魔杵、鬼棒槌，现在似乎不多见了。我表兄，那一年宿在我们那外院闲屋里，睡到半夜，看见明月照窗，再也睡不着。忽然从外间屋里一掀帘子，走进两个矮鬼来，耳目口鼻俱都模糊，看来只有床那么高。表兄正待看他们要作些什么把戏，屋顶上忽然飞下两个木棒槌来，照着那俩矮鬼的头上，梆，梆，梆，每个三下。来得疾，去得快，立刻之间，棒槌没了，矮鬼也不知去向。"

"鬼要是被制住了，教他拉碾他不敢拉磨，教他立着他不敢坐。贾老金在热天，坐着五鬼轿到半天云里去歇凉，谁不知道？后来，有一次他喝醉了酒，又来坐五鬼轿，天亮了他还不知道松诀，五鬼怕阳光，立刻扔下他不管了，他落了个摔死。赵仙姑教鬼替她织布，这是我亲眼看见的。赵仙姑是在香门的，修炼就的天眼通，什么妖魔鬼怪她都看得见。这一天，她正织布，看见身后面来了一个又粗又壮的女鬼，仙姑一掐诀就把那女鬼钉住了。一审问，才知道那女鬼是来偷香火。于是她罚那女鬼替她织布。赵仙姑的母亲看见机上无人，梭板乱动，吓了个不得了，才赶紧教仙姑把那女鬼放了。"

"俗话说：'官打的是会说嘴的，水淹的是会凫水的，鬼掐的是会捉鬼的。'赵仙姑的祖与父都是捉鬼专家，男鬼他们杀掉，女鬼留在家里役使。也是官逼民反，犯了众鬼之怒，不敢惹他们本人，把赵仙姑的嫂子在半路上给掐死了。后来，赵仙姑的父亲去到祖师爷那儿告鬼状，竟被祖师爷申斥了一顿，不许他再捉鬼。"

"南庄上小李也是个天眼通。他跟他舅舅去上任，一进衙门，立刻退出来了。他说衙门里大小的闲空，都被鬼塞满了，自己不便再进去。他舅舅教他使法术退鬼，他说这些住在衙门里的鬼们，都是大庙不收小庙不留的，赶了出去，不久就又回来，无可如何。后来小李不但不进衙门，连城里都不住了。他说越是大地方鬼越多,鬼的样子也越难看。乡下不过有几个蠢鬼而已。"

"总之,五行八字,相生相克,怕不怕鬼,也不能一概而论。有钱的人,能使鬼推磨,能教鬼上树,但是那是势力鬼听他的;他若遇见穷鬼,便也得抱头鼠窜。有权有势、高官厚禄的人,一切国鬼都不怕,单单惧怕洋鬼。你甭看他瞪着一双眼睛比鬼还凶,一遇上洋鬼,立刻就像拔下来的小苗儿,蔫了。"

这样,夹叙夹议,半庄半谐,若寓言,若小说地谈鬼,乡下人能继续很久,能反复多次。惜乎,近来个人遇上忙鬼纠缠,没有闲工夫记他们的鬼话。

一九三六年六月十三日于定县考棚

(选自1936年《论语》九十一期)

鬼学丛谈

种 因

昔苏子瞻在黄州及岭外,每旦起,必招客谈鬼;有不能谈者,则强之谈。或辞无有,则曰"姑妄言之"。

何以言"姑妄言之"?盖鬼者归也,人生必有死,死而归于土也。归于土而灵不灭,上者为鬼雄、鬼才,下者为鬼怪、鬼奴。就主观言,信则有,疑则无,将信将疑则若有若无。就客观言,现则有,隐则无,或现或隐则亦有亦无。故鬼为最神秘之事,而莫可究诘已。

《论语》:"子不语怪、力、乱、神。"又曰:"未知生,焉知死?不知人,焉知鬼?"又曰:"祭神如神在。""敬鬼神而远之。"以孔子之圣,犹不能信其必有,断其必无,况子瞻乎?况我辈乎?故曰"姑妄言之"。

考之载籍,验之常言,验之事实,又往往得而述。夫吉凶由人,妖不妄作,本无所谓鬼也。但与其疑其无,不如信其有;

盖因果相寻，毫厘不爽，亦有可资炯戒者在焉。"国家将亡，必有妖孽。"今之世，天下扰攘，中原鼎沸，见于目者无非鬼之形，闻于耳者无非鬼之声，或亦人事消沉，鬼学昌明之朕兆欤！有心人所不忍述，而亦不能已于言也。

间尝观人作雀战，一张之差，屡十数牌不得和，每听和辄为人所先；揭而示之，欲和之牌，赫然在目，则人莫不大呼曰"有鬼！"又尝赴轮盘赌，下注既定，盘旋转动，弹子跳跃不已，目击其入某号而无疑矣；戛然声止，乃又一号，则人又莫不大呼曰"有鬼！"胜者愈胜，败者愈败，鬼亦势利矣哉！

不特赌博然也。乡人生病，则曰恶鬼缠身；夜行失路，则曰野鬼迷目；花本好也，风雨骤为摧残；宵本静也，喁嚅似有声息；人生万端，每遭玩弄，或因祸而得福，或失败于无成。此非人事之不臧，良由鬼物之作祟。

鬼之为物，因形而异。禀川泽之邪气者，谓之魑魅魍魉。经锻炼而蕴蓄者，谓之妖魔精怪。长其面而垂其舌者，谓之无常鬼。开路有大头鬼，护卫有小头鬼，牛头马面，周旋于诸大人先生之间，而不一其鬼也。善终者，鬼不名；不善终者，吊死鬼、淹死鬼、僵尸鬼、饿死鬼、路倒鬼、替死鬼、风流鬼、痨病鬼……各以其死名其鬼。鬼之名无善称也，亦无平庸之人而得称鬼；于死者然，于生者亦然。生者喜博弈，则称赌鬼；为瘾君子，则称鸦片鬼；性情异常，则称伶俐鬼、刻薄鬼；熟习家乡事，则称屋里鬼、地理鬼。于是说鬼话，做鬼事，怀鬼胎，放鬼火，弄鬼眼，使鬼差，用鬼工，鬼头鬼脑，鬼里鬼祟，鬼拉鬼扯，鬼兄鬼弟，鬼夫鬼妻，鬼朋鬼友，携手同行而至鬼国，入鬼门关，开群鬼联欢大会。推秦始皇、汉武帝、唐太宗、成吉司汗、拿坡仑、大彼得、依丽沙白女王、林肯、李宁、克里蒙梭、兴敦堡为主席团，而某某天皇不与焉，矮鬼团悻悻然，不敢抗。酒鬼李白、短命鬼李贺，当选为秘书长。神行太保戴宗，赤发鬼刘唐被派为招待员。集古今中外之奇鬼于一堂，无诈无虞，无疆无界，甚盛事也！

鬼之行，有与人同，亦有与人异，今分述之。

鬼可大可小，不似人之形体一成而不变也。《世说补》："嵇康尝于夜中灯火下弹琴，有一人入室，初入来时面甚小，斯须转大，遂长丈余，颜色甚黑，单衣葛带。"

鬼无空间，随处随地俱可隐现，实物不能为之障。余尝见一照片，两人依假山石而立，忽假山石中现一鬼影，不知其自来。但繁盛人众之地究不敢至，以厕所僻巷为最宜，阴气森森，不寒而栗，盖亦自然现象耳。

鬼无时间，但宜夜不宜日；白日见鬼，必不祥。七月半鬼最多，孤魂野鬼充斥市途，人例焚纸钱以禳之。五月节俗谓鬼节，家家悬判官以驱鬼。全国以安徽灵璧县画判官为最名，相传每年只一幅得其真云。

鬼之意气重者，虽死不忘好友：如死后与友饮，见《魏书·夏侯夬传》；死后与人言，见《宋史·文同传》。

鬼生前受冤屈，死必为厉。《唐书·郭宏霸传》："尝按芳州刺史李思征不胜楚毒。死后，屡见思征为厉，命家人禳解。俄见思征从数十骑至，曰：'汝枉陷我，今取汝。'宏霸惧，援刀自刳腹死。"又有死后被诬而谋报复者。《幽明录》载王弼注《易》，辄讥郑康成而梦为郑所责，少时遇厉而卒。《魏书·刘兰传》载兰排毁《公羊》，又非董仲舒，为葛巾单衣人所召，少时患卒。甚矣言之不可不慎，鬼犹如此，人更可知。

鬼谋职业，亦须请托运动。《魏志·蒋济传》："其妇梦见亡儿涕泣曰：'死生异路，我生时为卿相子孙，今在地下为泰山伍伯，憔悴困辱，不可复言。今太庙西讴士孙阿见召为泰山令，愿母为白侯（蒋济时进爵昌陵亭侯），属阿令转我得乐处。'言讫，母忽然惊寤。明日以白济，济乃遣人诣太庙下推问孙阿，果得之。日中传阿亡。后月余，儿复来，语母曰：'已得转为录事矣！'"以侯爷公子死而卑贱困辱，不类生前；讴士何人，反蒙擢拔，得一录事已为大幸。足征阴阳之异界，贵贱之不常。今之穷措大，亦可乐天知命，而静候享冥冥之福者矣。活求一饭而不可得，死或骤登富贵以骄人，快心乐事，无逾于此。

鬼为富贵者役，不但役于死者，而且役于生人，《山堂肆考》："唐李逢吉始从事振武日，有金城寺僧忽见一人介胄持斧由门而入。俄闻报李判官来，僧具以告。自是逢吉，每造其室，即见其人先至以为常。故逢吉出入将相二十余年。"又《曲洧旧闻》："张文懿初为射洪令，县之东十余里罗汉院僧善慧，梦金甲神人叱令洒扫庭宇，相公且安来矣。诘朝诵经以待，即文懿公也。"不知今之奉化雪窦寺南京栖霞山僧，于某要人某院长莅临时，先见有介胄持斧或金甲神人否？

鬼亦畏正人。《辽史》："王鼎宰县时憩于庭。俄有暴风，举卧榻空中，鼎无惧色，但觉枕榻俱高，乃曰：'吾中朝端士，邪无干正！'须臾，榻复故处，风遂止。"

鬼亦怕骂。《后汉书》："王闵渡钱塘江，遭风，船初覆，闵拔剑斫水，痛骂伍胥，风稍缓，获济。"前山东旱灾，张宗昌以炮轰天，而天仍不雨；何今之天之皮面之厚，而不若伍胥面皮之薄也！

鬼更怕丑。《世说补》："阮德如尝于厕见鬼长丈余，色黑而眼大，着皂单衣，平上帻，去之咫尺；德如心定，徐笑语之曰：'人言鬼可憎，果然！'鬼赧愧而退。"无怪乎今之化妆品销路之广，整容院生意之隆也。

鬼怕《周易》。《南唐近事》："江都县大厅，相传云阴有鬼物所据。江梦孙闻之，尝愤其说。无何，自秘书郎出宰是邑，下车之日，升正厅受贺讫，向夜具香案，端笏当中而坐，诵《周易》一遍；明日如常理事，蔑尔无闻。自始来至终考，莫睹怪异。"又诵《观音经》能免难。《晋书·苻丕载记》："徐义为慕容永所获，械埋其足，将杀之，义诵《观世音经》；至夜中，土开械脱，于重禁之中若有人导之者，遂奔杨佺期，佺期以为洛阳令。"《宋书·王玄谟传》："初玄谟始将见杀，梦人告曰：'诵

《观音经》千遍则免。'既觉,诵之得千遍。明日将刑,诵之不辍,忽传呼停刑。"今之祷告上帝,呼"阿门"者,闻亦有此作用。

鬼最畏朱,畏刀圭,畏女人秽物,故私塾先生有银朱则不到,衙署老爷有印信则不到,医院多利器,妓楼藏垢纳污,亦避之若浼;往往有著名凶宅,一经改为学校公府医室乐户之属,则平安如恒,毫无足怪,职是故也。

鬼畏强烈灯火。化日光天之下,原形易见,故不敢近。鬼畏气盛。狭路相逢,阳气盛者,横冲直撞,了无所见,而鬼立两侧,如站班,战战栗栗不敢仰视。否则,鬼上鬼下,鬼前鬼后,鬼声鬼气,鬼形鬼影,茫乎不能辨其是与非也。或讥之曰"活见鬼",则其人之心志忐忑,神魂颠倒,不与鬼为邻也几希。

故鬼之显露必有媒介。媒介者以妇女,将死者及神经衰弱人为多。盖妇女,将死者,神经衰弱人,皆阴气也。——阴气易入,阳气不得入。有圆光者,张白纸于堂,焚香燃烛焚黄纸画朱符毕,术者捏中指,口呢喃若有所诵,则现形白纸间,其大小仅四寸许,一幕复一幕,纚纚如电影;孩提之童,惊讶失色,妇女凝睇,亦似有所见,而求术者往往不得知。所谓借尸还魂,亦必有尸而后可。所谓投胎下凡,亦必有胎而后生。人之将死,其言也善,凡生平有亏心罪孽,为人所不知不觉,而忽宣诸口于一旦之间,非鬼而何?鬼之投胎,非妄投也,有劫数焉。谚谓:"黄巢杀人八百万,在数在劫亦难逃。"杀人有劫数,生人亦有劫数。劫不完,数不尽,生生无已,死死亦无已,人变鬼，鬼变人亦变变无已。乡人孙某，清末为粤抚某长随，有谋县缺者私藏五千金票夹手本内，为孙所匿，抚既未之知，谋者坎坷以终。而孰知其终死之日，正孙儿诞生之时，初不知其有何因缘也；长成，貌相若，动相若，吃喝嫖赌，挥金若土，历不几年，而家资荡然无存。报施不爽，举此可例其余。

十年前教授沪光华大学，同事杨君，任工科学长，固尝精研科学于美利坚者也，论鬼学至趣；据云曾于丞衷中学讲"无形之同居"一题，惜不得闻其说。惟闻于校董王省三所，曾请其已死老太太驾临，而询其官运如何，以三足小凳，做单数动作，表示无望。王心不怿，再询其故。杨谓答语复杂，应请翻译，乃又念念作词，招一能英语鬼友来，三足凳陆续动，久始休，记而译之，乃"汝年老耳！You are old"。又忆蔡子民先生早年有《妖怪学讲义》之译，今已健忘日久，不获以资谈助为可惜云。

（选自1936年《论语》九十二期）

鬼话连篇 有序

李金发

我们乡间僻居海隅，一般社会最崇信风神鬼之说，曾高祖考妣，可以因为一时没有找到江西"明师"——堪舆先生——曝露十年八年不安葬，也可以因为家中老少发生意外的灾厄，而归咎于先代的坟墓，挖掘起来以求补救。至于敬神鬼，更是普遍不可形容，他们是真正的多神教，山坳里一条松树，必用几块大石板做成一个神坛，贴上一个"伯公"或"社官"的红纸条。（听说他很有权威，凡山君要伤害人畜的时候，必须先征求"伯公"神的同意，然后才敢动作。）溪流有神，池塘有神，还有门神、灶神、田神、土地神、天神、地神；更高贵些的，有庙有坛的，尚有关帝、玉皇大帝、伽蓝、观音等。迷信的以女人居多数，常常有一二个较有资望的女人，向邻村善男信女募集二三百元，叫专门扎纸者扎成许多宫殿、桥梁、舟、车，约好日子举礼焚化，以度来生。我小时受这样环境的熏陶，也有迷信的倾向，不知不觉盲从地叩了不少头，作了不少揖；至于鬼魅存在之说，更是在乡间颠扑不破之真理，百人中没有二三个人否认的，于是人人言鬼，真是有"白昼黑夜，阴影幢幢，幽明之间，仅隔一线"之概，即素不迷信的听多了也会毛发悚起，颇有戒心。自幼乡居十九年，鬼话听多了，印象绝深，不料后来出外十余年，因再无谈鬼话之环境，怕鬼之心亦消灭净尽，那儿童时代听起鬼故事来，又惊又爱的心情，已不可复得了，何等可惜啊！在此国难方殷，"洋鬼"跳梁的时代，论语社诸子，还有闲情逸致，去刊行谈鬼号，真莫测高深矣。本拟将半生以来所得的鬼话，统统写出来，以壮阴气，惜乎年来已不食艾罗补脑汁，记忆力甚弱，只得将搜索枯肠中所得，录出来以供鬼学专家参考可也。故事全非捏造，可质天日，可对鬼神。

· 附身鬼

乡间有位叔父，中年丧偶，哭之甚哀，因一向两个情爱甚笃，一时绕膝儿女，无母亲抚育，实在是很可怕的现象。吾乡"仙姑"之风甚盛，所谓"仙姑"，即是一个无聊的孀妇，或三姑六婆，自命能神鬼附身，可代阳间人找到已死的阴间亲人，回来附在她身上，（男子业此的亦有。）畅叙离衷，其法是将桌上设一神坛，焚香点烛，"仙姑"则伏其缘，如入假寐状态，众人屏息而待，俄而"仙姑"果喉间嘻嘻所响二三阵，如食量过多的人，继而细声传语，或引吭高唱，据云此时鬼既附身，"仙姑"既失其知觉，任人问难，彼皆应对如流，如生前。那位叔父思念过殷，当然不能免此一套，那时我只八九岁，亲见该鬼附着"仙姑"身上回阳间，与其夫寒暄一会，抱头痛哭，（好在那不是少女）如闻其声，如见其人，当局者当然感到幽明异路，后会无期，抱憾终天；即旁观者亦恍若与鬼为邻，阴森可怖，"仙姑"之本领，诚大矣哉。她的巧妙，是在未做鬼附身工作之前，先向人打听一二件当事人家庭琐事，届时乘机说出，岂不是最能动容吗？最可笑而最记得者，则"仙姑"每伏坛之后，必须旁人拍其背数遍始醒，醒时犹作睡眼惺忪状，俨然刚从阴间回来似的，其实她睡也不曾入睡，别个世界也不曾去，徒然以诈术骗得人几毛钱耳。

- **疴屎鬼**

乡人某，以勤俭起家，有妻妾三人，甚乐，惟觉晚年非营菟裘，无以自娱，以是将生意招盘，得资二万，遂急不暇择，在荒冢累累之地，架造一屋，越一年，始成，但因不耐久待，未经"安龙"，——即以巫觋作法驱邪逐鬼之谓，——即搬入享受，或许是乡人心理怕邪使然，听说当夜更阑，便闻人声错杂，屐履往来，起而视之，又寂然无声，翌日，更有戒心，合妻妾三人共卧，更雇一更守堂下。一夜无事，自以为得庆安宁矣，不料佣人启碗橱时，但见每碗皆充满人中黄，作死红色，臭不可迥迩，如此新闻，遐迩皆闻，好奇来视者数百人，后乡人深悔未安龙为错误，即日掷百金，叫巫觋多人"作法"赶鬼，于是不复受鬼骚扰矣。

- 杀头鬼

辛亥以后，枪毙之刑，虽属时髦文明，然杀头仍为不可少之点缀品，于是杀头鬼，终未绝迹也。县城甜食小贩某，日以肩挑贸易为生，深夜始归，一晚将近三更，担其生财，经校场（历来杀人之广场）返家，闻有人在后呼其名，要食绿豆汤，小贩如命，息下仔肩，盛甜汤供客，未暇细审顾客为何许人也。俄而讶其食度之速，昂首视之，但见一无头鬼，正将绿豆汤向颈口直倒，无怪五碗俄顷立尽也。小贩面无人色，弃生财而逃。事后彼亲口为我人道此事，其时余年尚幼，深以无机会见此杀头鬼为憾焉。

- 夜哭鬼

闻家人云，第二的兄嫂因产后失调，致生肺痨，呻吟床褥者三四月，乡间没有良医，只好坐视其由肥硕的躯体，渐变为人干，就是家人早知其病入膏肓，易箦不过为时间问题了。一夜饭后，全家人尚在厅内，闲话家常，忽闻屋后树林下，呱然一声，其音奇突，至不能形容，大家皆相问，你们听见没有，相顾失色，胆小的早已跟跄入房，钻入被窝。俄而第二声又至，清脆比前更甚，距离亦更近，此时自号胆大者，亦不得不闭户入睡了。翌日二兄嫂即逝世。那么这夜哭鬼，不是催死鬼，便是死者的灵魂了。此则是闻诸身历其境的家人所述。那时我还远在欧洲呢。

一九三四年夏，我税屋居首都之五洲公园，浑然自得，惟以久不接家信，心中颇觉不释。有一夜，月色宜人，清风入户，睡至夜深，忽为一怪声所惊醒，其声约远在二百码外之桥边，其声类似羊之咩咩，又半似猫之叫春，起初我心头想了一想，难道这就是鬼叫吗？怎不令人毛发悚起呢？俄而愈来愈近，绕屋三匝，直至窗下，余欲以足踢妻醒，而足已不复能动，拥衾没首，始汗涔涔然睡去。翌日问之同屋之德妇等，皆云未闻任何声响，此为余生平第一次亲闻鬼叫，（姑假定之）心殊不安，翌后果得家信，知三兄之独子，以莫名其妙之病逝世，益确定前夜所闻为鬼叫了。此孩子仅七岁，聪颖异常，来广州居半载，余爱之甚，今竟能以亲爱之故在千里之外来使余闻其哭声耶？

· **侏儒鬼**

某年，在京沪车中，认识一当时财政要员俞某，彼固为有鬼论者，彼述亲见鬼事云：在某中学读书时，我们常于夜间闻怪声，初不过以为是奇事而已，后来有人说，此是鬼叫声，大家都有点那个，相约提早就寝。有一王某，素来以大胆出名，不信此话，乃于夜间纠合几个好事的同学，预伏于短篱后，满拟饱看鬼形，并各预备爆竹香火，以为见敌齐发之用，两小时后鬼果照常游行，愈来愈近，黑如乌鸦，矮如侏儒，蹒跚而过，王某等见状，不惟手中之爆竹香火纷纷坠地，且战栗面无人色，回来连呼倒霉。是年果患大病几不起。

· 夜坐鬼

远亲梁君，年已六十，昔年业西医，技术颇佳，惟某年忽得病，愈后每云能见鬼，或入阴府，往往述其所见所闻，其兄笔之于书，成一巨册，名曰《入冥记》，惜未得一读，仅闻其述较离奇的一则云：某年夏，我病初愈，睡寐不宁，辗转反侧之际，于微光中见邻室一老人背面而坐，须发苍白，呼之不应，及燃灯起视之，已形迹渺然，但见其坐过之处，有水痕腥秽，刺人鼻管，翌日之夜，鬼复出现，余呼之如故，不答，余厉声曰："你为冤鬼乎，你说来，吾必为你申冤，否则不许你无端来扰我读书人也。"言竟，鬼沉思有顷，始转身向余，但见其无耳无鼻，眼亦眇其一，血渍满面，且多穿窿，唇亦不成形，未见启齿，但闻其断续操潮州语曰："吾为济南惨案烈士蔡公时，自为日人切耳割鼻之后，日处枉死城，了无生趣，日期国人为吾雪冤，但见枉死之同胞，接踵而来，枉死城几成 China town，闻君为志士，又为爱国者，今夕来此，但求你为我报仇耳。并请转告各同胞，枉死城既无隙地，切不可再来。"言讫起身扬长而去。

· 变化鬼

友人邓君，出身行伍，有胆略，彼自述十八岁那年，于黄昏时分，在屋外乘凉，夜色朦胧中，见一人自远而近，行时作蹒跚状，彼以石投之，不动，及行至将近十武，忽变身为牛，呼呼作声，君骇极而逃，自后不敢漫说不怕鬼云。

又彼有童养媳，因病卒，复娶王氏为继室，生子女多人，一日长女忽病剧，药石无效，众疑为前妻作祟所致，遂延"仙姑"临坛，询以是否童养媳所为，若然，则木筷置桌上可以直立，试之，筷果直立，时有医学院数教授在座，无不惊奇。后其母告以该鬼毋再作祟，并许将此女归彼名分，并烧纸钱作酬，其病果痊，不复作祟云。

开封孟夏夜草完

（选自1936年《论语》九十二期）

美丽的吊死鬼

许钦文

"要是真的没有鬼,那么这个一撇开头,一点收梢的鬼字怎么来的呢?难道古人造字,是凭空乱干的么?"

我曾被一个戴着瓜皮帽的人这样责问过。我说由于想象,同龙一样。但他不以为然,说是鬼,不但有着这个字,而且还有许多话,什么"鬼儿子""鬼东西""捣鬼"和"鬼鬼祟祟"等,又有"鬼谷子"的老先生。

"没有鬼,"他又发问,"那么人死以后灵魂变做什么呢?"

似乎总要承认了鬼的存在,天下才有道理可讲,做人才有意思。我听得颇有点愤愤,可是一回忆到儿童时代的情形,就觉得像他这样信鬼,精神生活倒是丰富的,幼年的时候,我总觉得人间实在是平淡的,人事缺少变化,关于鬼的故事才动听。无论是使得我害怕,使得我高兴,以及使得我深深忧愁的,大概都是鬼的故事,很少是人的事情;——有了鬼,宇宙才神秘而富有意义。

又因为照迷信家说,人本由鬼而来,死后仍然变鬼,以为人无非是偶然间暂时做做的,关系不大,所以重视鬼事。

由此可见,如果现在还能够信鬼,我就可以乐观起来;死了可以做鬼,得同已故的父母姊妹重聚,何等快乐!即使做了鬼再死去,还可以做聻,不是前途远大得很么?

更其是对付仇人,即使今世报复不了,也可以慢慢地等到下世再说。记得坐在牢监里的时候,因为冤被诬告,有些法官轻诉滥判,迷信的难友时常咬牙切齿地这样说:"等到我出去,就是已经死了,总也要到他的坟头上去蹈几脚!"也有是这样说的:"就是坐不出去,死在牢监里,做了鬼我总也要去收拾他!"

听着这种话的时候,我总觉得墨翟的《明鬼》,并非毫无道理,而王充的《论死》《订鬼》,倒未免是多事。

儿童时代的生活,虽然多半都已忘却,可是关于鬼的事情,还有些记得清楚;当时最使得我注意的鬼有三种,就是河水鬼,舍母鬼和吊死鬼。我最怕的是舍母鬼,我自己不会做产妇,本来不用怕这种鬼来讨替身。怕的是母亲的关系,当时弟妹还是接连地产生,以为如果母亲给舍母鬼抓了去,是不堪设想的了。其实会得最怕这种鬼,原是母亲等讲得起劲的缘故。她们一谈到这种鬼,总就出神的显得很害怕;更其是在更深夜静的时候,造成恐怖的空气。这种鬼究竟是怎么样的并不明白,只知道有时要变成功猫,是全身墨黑的,会得很快地跳来跳去。

河水鬼最好玩,因为多变化。据说这种鬼,有时会得变成功个精巧的花棍棒,有时会得变成功只黄毛的小鸭,也会得变成功个什么瓜,总之是引诱人的,到河边去的小孩子喜欢什么,就会变成功什么。本形是乱蓬头发的。照大姊的老乳母说,她所见到的河水鬼,好像是只鹭鸶。但照一个做医生的堂兄说,所谓河水鬼,原是一种野兽,是生长在水中的,同野猫相像,不过细长点。这样那样的说得花样很多,或者原是恐吓的手段,是警戒我到河边去玩水的。我可信以为真,因此夏天,每当中饭以后,乘着大家睡午觉的机会,常常特地偷偷地溜到河门口去窥看,想发现个由河水鬼变成功的东西。

吊死鬼有一定的具体观念,是从看戏得来的,故乡每到秋季,总要做几台"大戏",照例到半夜要"调吊"。

在吊死鬼出台以前,必先吹一阵尖声的号筒,连响十八的,造成阴森森的空气。吱的一声叫,吊死鬼甩着披散的乱头发跑出台来,非常好看:圆圆的两只大黑眼睛下面,显着鲜红的两颊,嘴巴是翘耸耸的,红衫外面罩上青的长背心,也很醒目,真是美丽。

虽然也有点可怕,但我更觉得可怜。照说女人上吊,总是因为"夫也不良",以及公婆姑娘们的凶恶。长声短吁的"叹吊",听起来也是够觉凄凉的。

或者有点受我的影响,元庆也很喜欢吊死鬼,他的杰作《大红袍》,含着不少"吊死鬼美"的成分。

戏中的表现,上吊的人要给吊死鬼接连地打巴掌;这是可怕的,用意本在劝人不要轻易去上吊。但我甘心这样挨打,为着她的美丽。

当少年时期,我爱在深夜看《聊斋志异》,时常忽然打开窗门去探望,想在墙头上面发现的,就是美丽的吊死鬼。

(选自1936年《论语》九十二期)

谈鬼者的哀悲

陈子展

谈鬼的卷子实在要交了,虽然不能鬼话连篇,也该说几句鬼话,不,应该是说关于鬼的话。可是关于鬼的事,我一点也不知道,莫说深知,那么,有什么可说呢?

古人说是画人难,画鬼容易。因为人是都可以看得见的东西,不容乱画。鬼物却不可见,也许压根儿就没有,可以随意想象。其实不然,鬼就是没有,不妨假定是有。仿佛记得吴南屏的《吕仙亭记》那篇文章里,说过这样的话:"神仙之说诚荒渺难稽,而意不能无之。"这句话真有意思。仙鬼虽说没有,画仙画鬼的名手,还是有的。那么,他们怎么画的呢?要说容易,并不容易;要说难,也不算难。他们只假定鬼是顶可怕的东西,或者以为鬼是顶可恨的东西,就把自己所见的顶可怕顶可恨的人物的面目行径加以形象化就成。所以从来画出的鬼相难看,可怕可恨。真是能够做到使人看了这幅鬼画就会生出可怕可恨的观感，也着实不容易。谁说鬼好画呢？

蒲松龄算是写鬼圣手，不过他写出来的鬼魅，颇近乎人情，并不觉得怎样可怕可恨。讥嘲的意味倒是有的。有人说，他的《聊斋志异》，原题《狐鬼传》，他有一点民族思想，借谈狐鬼发泄他一肚皮亡国的悲愤，这话也有点相像。本来他生在明清兴亡交替的时代，何况他在科名上又是失意的人呢。

我们知道阴阳家起于战国扰攘之世。有一派人觉得人间世的祸福得失，国家的盛衰兴亡，个人的生死荣辱，不可端倪，就归之于不可知的鬼神，乃至一切迷信。这不独在中国为然，也不仅在中国的战国时代为然。因为大动乱的时代，祸福生死等等一切不可以常情常理测度，只好归之于运命，归之于鬼神。如今从大人物到小百姓，尤其是站在政局尖端的要人们，不是有相信星相、风水、乩人一类迷信的么？

记得《吕览》上说过"楚之衰也，作为巫音"，《九歌》《招魂》一类鬼话连篇的文学，就产生于战国末年，楚国快要亡国的时候。六朝时代也像春秋战国时代一样，是一个长期大动乱的时代，而且是胡人侵华，中华民族最倒霉的时代。大夫的苦闷，流为放荡颓废的行为，同时游仙诗、志怪书也就出了不少。只因国事不堪问，或者不敢谈，就只好搜神谈鬼了。北宋承晚唐五代之后，从前石敬瑭、桑维翰那几个汉奸为了抢得并巩固自己的政权，不惜卖国，割给契丹燕云十六州，并没有收回，契丹反常常进扰。当时政府里还党派分歧。诗人苏东坡因文字得祸。当他贬到黄州，就只好终日拉人谈鬼，人家说没有，他就只好叫人"姑妄言之"。他的遭遇，他的心情，也就很可怜了。南宋亡于元，金元之际，中原民族压在金元游牧民族的铁蹄之下，关汉卿那位慷慨悲歌之士，也像五胡乱华时代的干宝一样，号为"鬼董狐"，他就成了谈鬼专家，以后就要轮到蒲松龄了。如今邵洵美先生，当然也和我们一样被派做了阿斗，不，他偏要学汉文帝"不问苍生问鬼神"。在他主编的《论语》上出个谈鬼专号，不能说没有意义。轮到我来谈鬼，谈些什么呢？像上面我所谈的那些谈鬼者，似乎都有他们的悲哀。邵先生谈鬼有没有什么悲哀，我不知道。在我自己呢，回头八九年前，我就有过一个时期，不谈国事，连报纸也不看，只找人谈鬼度日。一九二八年春曾有一首小诗道：

    春到春枫江上村，故乡应有未招魂。
    客中无赖姑谈鬼，不觉阴森天地昏。

如今昏天黑地，鬼气阴森，快要完成一个鬼国，我自己也成了一只行尸走肉样的活鬼，还有什么可谈呢？

（选自1936年《论语》九十三期）

水母

汪曾祺

在中国的北方,有一股好水的地方,往往会有一座水母宫,里面供着水母娘娘。这大概是因为北方干旱,人们对水有一种特殊的感情。为了表达这种感情,于是建了宫,并且创造出一个女性的水之神。水神之为女性,似乎是很自然的事,因为水是温柔的。虽然河伯也是水神,他是男的,但他惯会兴风作浪,时常跟人们捣乱,不是好神,可以另当别论。我在南方就很少看到过水母宫。南方多的是龙王庙。因为南方是水乡,不缺水,倒是常常要大水为灾,故多建龙王庙,让龙王来把水"治"住。

水母娘娘是一个很有特点的女神。

中国的女神的形象大都是一些贵妇人。神是人按照自己的样子创造出来的。女神该是什么样子呢?想象不出。于是从富贵人家的宅眷中取样,这原本也是很自然的事。这些女神大都是宫样盛装,衣裙华丽,体态丰盈,皮肤细嫩。若是少女或少妇,则往往在端丽之中稍带一点妖冶。《封神榜》里的女娲圣像,"容貌端丽,瑞彩翩翩,国色天资,宛然如生;真是蕊宫仙子临凡,月殿嫦娥下世",竟至使"纣王一见,神魂飘荡,陡起淫心",可见是并不冷若冰霜。圣像如此,也就不能单怪纣王。作者在描绘时笔下就流露出几分遐想,用语不免轻薄,很不得体的。《水浒传》里的九天玄女也差不多:"头绾九龙飞凤髻,身穿金缕绛绡衣。蓝田玉带曳长裙,白玉圭璋擎彩袖。脸如莲萼,天然眉目映云鬟;唇似樱桃,自在规模端雪体。犹如王母宴蟠桃,却似嫦娥居月殿。"虽然作者在最后找补了两句"正大仙容描不就,威严形象画难成",也还是挽回不了妖冶的印象——这二位长得都像嫦娥,真是不谋而合!倾慕中包藏着亵渎,这是中国的平民对于女神也即是对于大家宅眷的微妙的心理。有人见麻姑爪长,想到如果让她来搔搔背一定很舒服。这种非分的异想,是不难理解的。至于中年以上的女神,就不会引起膜拜者的隐隐约约的性冲动了。她们大都长得很富态,一脸的福相,低垂着眼皮,眼观鼻、鼻观心,毫无表情地端端正正地坐着,手里捧着"圭",圭下有一块蓝色的绸帕垫着,绸帕耷拉下来,我想是不让人看见她的胖手。这已经完全是一位命妇甚至是皇娘了。太原晋祠正殿所供的那位晋之开国的国母,就是这样。泰山的碧霞元君,朝山进香的没有知识的乡下女人称之为"泰山老奶奶",这称呼实在是非常之准确,因为她的模样就像一个呼奴使婢的很阔的老奶奶,只不过不知为什么成了神罢了。——

总而言之，这些女神的"成分"都是很高的。"文化大革命"中，有一位农民出身当了造反派的头头的干部，带头打碎了很多神像，其中包括一些女神的像。他的理由非常简单明了："她们都是地主婆！"不能说他毫无道理。

水母娘娘异于这些女神。

水母宫一般都很小，比一般的土地祠略大一些。"宫"门也矮，身材高大一些的，要低了头才能走进去。里面塑着水母娘娘的金身，大概只有二尺来高。这位娘娘的装束，完全是一个农村小媳妇：大襟的布袄，长裤，布鞋。她的神座不是什么"八宝九龙床"，却是一口水缸，水面扣着一个锅盖，她就盘了腿用北方妇女坐炕的姿势坐在锅盖上。她是半侧着身子坐的，不像一般的神坐北朝南面对"观众"。她高高地举起手臂，在梳头。这"造型"是很美的。这就是在华北农村到处可以看见的一个俊俊俏俏的小媳妇，完全不是什么"神"！

她为什么会成了神？华北很多村里都流传着这样的故事：

有一家，有一个小媳妇。这地方没水，没有河，也没有井。她每天要到很远的地方去担水。一天，来了一个骑马的过路人，进门要一点水喝。小媳妇给他舀了一瓢。过路人一口气就喝掉了。他还想喝，小媳妇就由他自己用瓢舀。不想这过路人咕咚咕咚把半缸水全喝了！小媳妇想：这人大概是太渴了。她今天没水做饭了，这咋办？心里着急，脸上可没露出来。过路人喝够了水，道了谢。他倒还挺通情理，说："你今天没水做饭了吧？""嗯哪！"——"你婆婆知道了，不骂你吗？"——"再说吧！"过路人说："你这人——心好！这么着吧，我送给你一根马鞭子，你把鞭子插在水缸里。要水了，就把马鞭往上提提，缸里就有水了。要多少，提多高。要记住，不能把马鞭子提出缸口！记住，记住，千万记住！"说完了话，这人就不见了。这是个神仙！从此往后，小媳妇就不用走老远的路去担水了。要用水，把马鞭子提一提，就有了。这可真是"美扎"啦！

一天，小媳妇往娘家去了。她婆婆做饭，要用水。她也照着样儿把马鞭子往上提。不想提过了劲，把个马鞭子一下提出缸口。这可了不得了，水缸里的水哗哗地往外涌，发大水了。不大会儿工夫，村子淹了！

小媳妇在娘家，早上起来，正梳着头，刚把头发打开，还没有挽上纂，听到有人报信，说她婆家村淹了，小媳妇一听：坏了！准是婆婆把马鞭子拔出缸外了！她赶忙往回奔。到家了，急中生计，抓起锅盖往缸口上一扣，自己腾地一下坐到锅盖上。嘿，水不涌了！

后来，人们就尊奉她为水母娘娘，照着她当时的样子，塑了金身：盘腿坐在扣在水缸上的锅盖上，水退了，她接着梳头。她高高举起手臂，是在绾纂儿哪！

这个小媳妇是值得被尊奉为神的。听到婆家发了大水，急忙就往回奔，何其勇也。抓起锅盖扣在缸口，自己腾地坐了上去，何其智也。水退之后，继续梳头绾纂儿，又何其从容不迫也。

水母的塑像，据我见到过的，有两种：一种是凤冠霞帔作命妇装束的，俨然是一位"娘娘"，另一种是这种小媳妇模样的。我喜欢后一种。

这是农民自己的神，农民按照自己的模样塑造的神。这是农民心目中的女神：一个能干善良且俊俏的小媳妇。农民对这样的水母不缺乏崇敬，但是并不畏惧。农民对她可以平视，甚至可以谈谈家常。这是他们想出来的，他们要的神，——人，不是别人强加给他们头上的一种压力。

有一点是我不明白的。这小媳妇的功德应该是制服了一场洪水，但是她的"宫"却往往在一股好水的源头，似乎她是这股水的赐予者，这到底是怎么回事呢？这个故事很美，但是这个很美的故事和她被尊奉为"水母"又有什么必然的关系呢？但是农民似乎不对这些问题深究。他们觉得故事就是这样的故事，她就是水母娘娘，无需讨论。看来我只好一直糊涂下去了。

中国的百姓——主要是农民，对若干神圣都有和统治者不尽相同的看法，并且往往编出一些对诸神不大恭敬的故事，这是很有意思的事，比如灶王爷。汉朝不知道为什么把"祀灶"搞得那样乌烟瘴气，汉武帝相信方士的鬼话，相信"祀灶可以致物"（致什么"物"呢？），而且"黄金可成，不死之药可至"。这纯粹是胡说八道。后来不知道怎么一来，灶王爷又和人的生死搭上了关系，成了"东厨司命定福灶君"。但是民间的说法殊不同。在北方的农民的传说里，灶王爷是有名有姓的，他姓张,名叫张三(你听听这名字!),而且这人是没出息的,他因为做了什么见不得人的事(什么事,我忘了)钻进了灶火里,弄得一身一脸乌漆墨黑,这才成了灶王。可惜我记性不好,对这位张三灶王爷的全部事迹已经模糊了。异日有暇,当来研究研究张三兄。

或曰:研究这种题目有什么意义,这和四个现代化有何关系?有的!我们要了解我们这个民族。

一九八四年六月廿三日

(选自《蒲桥集》,作家出版社,1989年版)

中国的神统

金克木

各国都有神统（神的系统）。成为宗教信仰的有教会组织，其神统自上帝以下很明确。没有达到这一地步的都是民间信仰，比较杂乱，但也有条理可寻。希腊、罗马和印度的神统流传于世界，知道的人较多。中国的神统自有特点，比其他国更为复杂多变。自《楚辞·天问》《山海经》以下，历代增补，流传民间，为文学艺术的一个重要来源。鲁迅《中国小说史略》中以三篇之多讲神魔小说，篇幅超过其他类别。可是这个神统历来为人所不屑道，以为三教合一，愈演愈乱，不值一提，不过是民俗学者的资料。其实不然，即就小说中的神统看也大有可谈论的。不一定要追查源流演变，只要略想一想眼前的名著就可见其系统及内涵在民间至今未绝，不可轻视。这还是只讲汉族的。

较全的神统当然是见于《四游记》，但八仙"东游"及"南游""北游"都不如"西游"，独立成为又一部《西游记》。另一部是《封神演义》。这些书都出于明代，清代继承下来。明代小说中的人神并列到清代小说中成为人胜于神了。在明代以前是以史为小说。明代才建立神、人两大系统互相辉映。但若单讲神则明代已完成体系了。

不妨考察一下这两部小说。以艺术论，《西游》远胜《封神》；但说到内涵，两者难分高下。

《西游》的神话很清楚，是两大独立系统：一个是玉帝体系，一个是如来体系。中间夹着一个孙猴子，自称齐天大圣，不服双方。结果是双方合力抓住了他，给以种种磨难，终于皈依一方，成了"斗战胜佛"。

《封神》的神统不这么清楚。没有佛祖驾临，只来了准提、接引两个道人吸收"有缘"的去西天，仿佛招降纳叛。没有玉帝能统率所有的神。封神的执行者是活人姜子牙。另有仙人分为阐教和截教而又是同出一门。女娲是独立的。她派狐狸惩罚得罪她的皇帝，可是狐狸的所作所为她就不管了。"封神榜"是预定的，一切在劫难逃，但起因和被害的老百姓却不像是出于劫数。劫是为神设的。许多封神榜上有名的神仙都是由于申公豹的劝说才自投罗网的。这说明劫数仍需要有诱因才能发动。元始天尊、太上老君、通天教主三位师兄弟分成两派，以致万仙遭戮。到仗打完了，祖师爷鸿钧老祖才出来赐丸药命三人和好。若再生异心，药即暴发，神仙也难逃一死。人间（商、周）天上（阐、截）相混淆，遥远的西天派人来从中取利。这个神统真够乱的。一张封神榜不过是照例的录取名单而已。

真的是混乱吗？也不见得。系统原则仍明显。

总是分为正邪相对，有善恶是非，作者或讲故事者总有偏向，总是说这是不可变更的前定的数。

不论有没有独一无二的最高的神，各神仙系统总有头目。此外又总有不归属的散仙。这一点和外国的神统就不大一样。希腊、印度是散仙为主。玉帝统辖的庞大而复杂的严格等级神统在外国不大见到。

外国的神都以不死为特点，大概没有例外。中国的神统中却是神仙长生但可以死，死了便下凡为人。人死了可以成神，甚至活着可以兼职为神（魏征斩老龙）。神人界限不严。

最值得注意的特点是史、神、人的相混或一致。神降为人，人尊为神；史书是小说，小说成史书；一部中国小说史不是这样吗？中国的戏曲不是这样吗？

（选自《燕口拾泥》，浙江文艺出版社，1988年版）

文艺上的异物

周作人

古今的传奇文学里，多有异物——怪异精灵出现，在唯物的人们看来，都是些荒唐无稽的话，即使不必立刻排除，也总是了无价值的东西了。但是唯物的论断不能为文艺批评的标准，而且赏识文艺不用心神体会，却"胶柱鼓瑟"地把一切叙说的都认作真理与事实，当做历史与科学去研究它，原是自己走错了路，无怪不能得到正当的理解。传奇文学尽有它的许多缺点，但是跳出因袭轨范，自由地采用任何奇异的材料，以能达到所欲得的效力为其目的，这却不能不说是一个大的改革，文艺进化上的一块显著的里程碑。这种例证甚多，现在姑取异物中的最可怕的东西——僵尸——作为一例。

在中国小说上出现的僵尸，计有两种。一种是尸变，新死的人忽然"感了戾气"，起来作怪，常把活人弄死，所以他的性质是很凶残的。另一种是普通的僵尸，据说是久殡不葬的死人所化，性质也是凶残，又常被当做旱魃，能够阻止天雨，但是另一方面又有恋爱事件的传说，性质上更带了一点温暖的彩色了。中国的僵尸故事大抵很能感染恐怖的情绪，舍意义而论技工，却是成功的了；《聊斋志异》里有一则"尸变"，记旅客独宿，为新死的旅馆子妇所袭，逃到野外，躲在一棵大树后面，互相撑拒，末后惊恐倒地，尸亦抱树而僵。我读这篇虽然已在二十多年前，那时恐怖的心情还未忘记，这可以算是一篇有力的鬼怪故事了。儿童文学里的恐怖分子，确是不甚适宜，若在平常文艺作品本来也是应有的东西，美国亚伦坡的小说含这种分子很多，便是莫泊桑也作有若干鬼怪故事，不过他们多用心理的内面描写，方法有点不同罢了。

外国的僵尸思想，可以分作南欧与北欧两派，以希腊及塞耳比亚为其代表。北派的通称凡披耳（Vampyr），从墓中出，迷魇生人，吸其血液，被吸者死复成凡披耳；又患狼狂病（Lycanthropia）者，俗以为能化狼，死后亦成僵尸，故或又混称"人狼"（Vljkodlak），性质凶残，与中国的僵尸相似。南派的在希腊古代称亚拉思妥耳（Alastor），在现代虽袭用斯拉夫的名称"苻吕科拉加思"（Vrykolakas，原意云人狼），但从方言"鼓状"（Tympaniaios）"张口者"（Katachanas）等名称看来，不过是不坏而能行动的尸身，虽然也是妖异而性质却是和平的，民间传说里常说他回家起居如常人，所以正是一种"活尸"罢了。他的死后重来的缘因，大抵由于精气未尽或怨恨未报，以横死或夭亡的人为多。古希腊的亚拉思妥耳的意思本是游行者，但其游行的目的大半在于追寻他的仇敌，后人便将这字解作"报复者"，因此也加上多少杀伐的气质了。希腊悲剧上常见这类的思想，如爱斯吉洛思（Aischylos）的"慈惠女神"（Eumenides）中最为显著，厄林奴思（Erinys）所歌"为了你所流的血，你将使我吸你活的肢体的红汁。你自身必将为我的肉，我的酒"即是好例。阿勒思德斯（Orestes）为父报仇而杀其母，母之怨灵乃借手厄林奴思以图报复，在民间思想图报者本为其母的僵尸，唯以艺术的关系故代以报仇之神厄林奴思，这是希腊中和之德的一例，但恐怖仍然存在，运用民间信仰以表示正义，这可以说是爱斯吉洛思的一种特长了。近代欧洲各国亦有类似"游行者"的一种思想，易卜生的戏剧《群鬼》里便连带说及，他这篇名本是《重来者》（Gengangere），即指死而复出的僵尸，并非与肉体分离了的鬼魂，第一幕里阿尔文夫人看见儿子和使女调戏，叫道"鬼，鬼！"意思就是这个，这鬼（Ghosts）字实在当解作"〔从死人里〕回来的人们"（Revenants）。条顿族的叙事民歌（Popular ballad）里也很多这些"重来者"，如《门子井的妻》一篇，记死者因了母子之爱，兄弟三人同来访问他们的老母；但是因恋爱而重来的尤多，《可爱的威廉的鬼》从墓中出来，问他的情人要还他的信誓，造成一首极凄婉美艳的民歌。威廉说："倘若死者为生人而来，我亦将为你而重来。"这死者来迎娶后死的情人的趣意，便成了《色勿克的奇迹》的中心，并引起许多近代著名的诗篇，运用怪异的事情表示比死更强的爱力。在这些民歌里，表面上似乎只说鬼魂，实在都是那"游行者"一类的异物，《门子井的妻》里老母听说她的儿子死在海里了，她诅咒说："我愿风不会停止，浪不会平静，直到我的三个儿子回到我这里来，带了〔他们的〕现世的血肉的身体。"便是很明白的证据了。

　　民间的习俗大抵本于精灵信仰（Animism），在事实上于文化发展颇有障害，但从艺术上平心静气地看去，我们能够于怪异的传说的里面瞥见人类共通的悲哀或恐怖，不是无意义的事情。科学思想可以加入文艺里去，使它发生若干变化，却绝不能完全占有它，因为科学与艺术的领域是迥异的。明器里人面兽身独角有翼的守坟的异物，常识都知道是虚假的偶像，但是当做艺术，自有它的价值，不好用唯物的判断去论定的。文艺上的异物思想也正是如此。我想各人在文艺上不妨各有他的一种主张，但是同时不可不有宽阔的心胸与理解的精神去赏鉴一切的作品，庶几能够贯通，了解文艺的真意。安特来夫在《七个绞死者的故事》的序上说得好："我们的不幸，便是大家对于别人的心灵生命苦痛习惯意向愿望，都很少理解，而且几于全无。我是治文学的，我之所以觉得文学可尊者，便因其最高上的功业是拭去一切的界限与距离。"

　　　　　　　　（选自周作人《自己的园地》，岳麓书社，1987年版）

五猖会

鲁　迅

　　孩子们所盼望的，过年过节之外，大概要数迎神赛会的时候了。但我家的所在很偏僻，待到赛会的行列经过时，一定已在下午，仪仗之类，也减而又减，所剩的极其寥寥。往往伸着颈子等候多时，却只见十几个人抬着一个金脸或蓝脸红脸的神像匆匆地跑过去。于是，完了。

　　我常存着这样的一个希望：这一次所见的赛会，比前一次繁盛些。可是结果总是一个"差不多"；也总是只留下一个纪念品，就是当神像还未抬过之前，化一文钱买下的，用一点烂泥，一点颜色纸，一枝竹签和两三枝鸡毛所做的，吹起来会发出一种刺耳的声音的哨子，叫作"吹都都"的，呲呲地吹它两三天。

　　现在看看《陶庵梦忆》，觉得那时的赛会，真是豪奢极了，虽然明人的文章，怕难免有些夸大。因为祷雨而迎龙王，现在也还有的，但办法却已经很简单，不过是十多人盘旋着一条龙，以及村童们扮些海鬼。那时却还要扮故事，而且实在奇拔得可观。他记扮《水浒传》中人物云："……于是分头四出，寻黑矮汉，寻梢长大汉，寻头陀，寻胖大和尚，寻茁壮妇人，寻姣长妇人，寻青面，寻歪头，寻赤须，寻美髯，寻黑大汉，寻赤脸长须。大索城中；无，则之郭，之村，之山僻，之邻府州县。用重价聘之，得三十六人，梁山泊好汉，个个呵活，臻臻至至[①]，人马称娖[②]而行。……"这样的白描的活古人，谁能不动一看的雅兴呢？可惜这种盛举，早已和明社一同消灭了。

赛会虽然不像现在上海的旗袍，北京的谈国事，为当局所禁止，然而妇孺们是不许看的，读书人即所谓士子，也大抵不肯赶去看。只有游手好闲的闲人，这才跑到庙前或衙门前去看热闹；我关于赛会的知识，多半是从他们的叙述上得来的，并非考据家所贵重的"眼学"。然而记得有一回，也亲见过较盛的赛会。开首是一个孩子骑马先来，称为"塘报"；过了许久，"高照"到了，长竹竿揭起一条很长的旗，一个汗流浃背的胖大汉用两手托着；他高兴的时候，就肯将竿头放在头顶或牙齿上，甚而至于鼻尖。其次是所谓"高跷""抬阁""马头"了；还有扮犯人的，红衣枷锁，内中也有孩子。我那时觉得这些都是有光荣的事业，与闻其事的即全是大有运气的人，——大概羡慕

---

① 臻臻至至，齐备的意思。
② 称娖，行列整齐的样子。

他们的出风头罢。我想，我为什么不生一场重病，使我的母亲也好到庙里去许下一个"扮犯人"的心愿的呢？……然而我到现在终于没有和赛会发生关系过。

要到东关看五猖会去了。这是我儿时所罕逢的一件盛事。因为那会是全县中最盛的会，东关又是离我家很远的地方，出城还有六十多里水路，在那里有两座特别的庙。一是梅姑庙，就是《聊斋志异》所记，室女守节，死后成神，却篡取别人的丈夫的；现在神座上确塑着一对少年男女，眉开眼笑，殊与"礼教"有妨。其一便是五猖庙了，名目就奇特。据有考据癖的人说：这就是五通神。然而也并无确据。神像是五个男人，也不见有什么猖獗之状；后面列坐着五位太太，却并不"分坐"，远不及北京戏园里界限之谨严。其实呢，这也是殊与"礼教"有妨的，——但他们既然是五猖，便也无法可想，而且自然也就"又作别论"了。

因为东关离城远，大清早大家就起来。昨夜预定好的三道明瓦窗的大船，已经泊在河埠头，船椅，饭菜，茶炊，点心盒子，都在陆续搬下去了。我笑着跳着，催他们要搬得快。忽然，工人的脸色很谨肃了，我知道有些蹊跷，四面一看，父亲就站在我背后。

"去拿你的书来。"他慢慢地说。

这所谓"书"，是指我开蒙时候所读的《鉴略》，因为我再没有第二本了。我们那里上学的岁数是多拣单数的，所以这使我记住我其时是七岁。

我忐忑着,拿了书来了。他使我同坐在堂中央的桌子前,教我一句一句地读下去。我担着心,一句一句地读下去。

两句一行,大约读了二三十行罢,他说:

"给我读熟。背不出,就不准去看会。"

他说完,便站起来,走进房里去了。

我似乎从头上浇了一盆冷水。但是,有什么法子呢?自然是读着,读着,强记着,——而且要背出来。

粤自盘古,生于太荒。
首出御世,肇开混茫。

就是这样的书,我现在只记得前四句,别的都忘却了;那时所强记的二三十行,自然也一齐忘却在里面了。记得那时听人说,读《鉴略》比读《千字文》《百家姓》有用得多,因为可以知道从古到今的大概。知道从古到今的大概,那当然是很好的,然而我一字也不懂。"粤自盘古"就是"粤自盘古",读下去,记住它,"粤自盘古"呵!"生于太荒"呵!……

应用的物件已经搬完,家中由忙乱转成静肃了。朝阳照着西墙,天气很清朗。母亲,工人,长妈妈即阿长,都无法营救,只默默地静候着我读熟,而且背出来。在百静中,我似乎头里要伸出许多铁钳,将什么"生于太荒"之流夹住;也听到自己急急诵读的声音发着抖,仿佛深秋的蟋蟀,在夜中鸣叫似的。

他们都等候着;太阳也升得更高了。

我忽然似乎已经很有把握,便即站了起来,拿书走进父亲的书房,一气背将下去,梦似的就背完了。

"不错。去罢。"父亲点着头,说。

大家同时活动起来,脸上都露出笑容,向河埠走去。工人将我高高地抱起,仿佛在祝贺我的成功一般,快步走在最前头。

我却并没有他们那么高兴。开船以后,水路中的风景,盒子里的点心,以及到了东关的五猖会的热闹,对于我似乎都没有什么大意思。

直到现在,别的完全忘却,不留一点痕迹了,只有背诵《鉴略》这一段,却还分明如昨日事。

我至今一想起,还诧异我的父亲何以要在那时候叫我来背书。

五月廿五日

(选自《鲁迅全集》第2卷,人民文学出版社,1981年版)

无常

鲁 迅

迎神赛会这一天出巡的神,如果是掌握生杀之权的,——不,这生杀之权四个字不大妥,凡是神,在中国仿佛都有些随意杀人的权柄似的,倒不如说是职掌人民的生死大事的罢,就如城隍和东岳大帝之类,那么,他的卤簿[①]中间就另有一群特别的脚色:鬼卒,鬼王,还有活无常。

这些鬼物们,大概都是由粗人和乡下人扮演的。鬼卒和鬼王是红红绿绿的衣裳,赤着脚;蓝脸,上面又画些鱼鳞,也许是龙鳞或别的什么鳞罢,我不大清楚。鬼卒拿着钢叉,叉环振得琅琅地响,鬼王拿的是一块小小的虎头牌。据传说,鬼王是只用一只脚走路的;但他究竟是乡下人,虽然脸上已经画上些鱼鳞或者别的什么鳞,却仍然只得用了两只脚走路。所以看客

---

① 卤簿,封建时代帝王或大臣外出时的侍从仪仗队。

对于他们不很敬畏,也不大留心,除了念佛老妪和她的孙子们为面面圆到起见,也照例给他们一个"不胜屏营待命之至"的仪节。

至于我们——我相信:我和许多人——所最愿意看的,却在活无常。他不但活泼而诙谐,单是那浑身雪白这一点,在红红绿绿中就有"鹤立鸡群"之概。只要望见一顶白纸的高帽子和他手里的破芭蕉扇的影子,大家就都有些紧张,而且高兴起来了。

人民之于鬼物,惟独与他最为稔熟,也最为亲密,平时也常常可以遇见他。譬如城隍庙或东岳庙中,大殿后面就有一间暗室,叫作"阴司间",在才可辨色的昏暗中,塑着各种鬼:吊死鬼,跌死鬼,虎伤鬼,科场鬼,……而一进门口所看见的长而白的东西就是他。我虽然也曾瞻仰过一回这"阴司间",但那时胆子小,没有看明白。听说他一手还拿着铁索,因为他是勾摄生魂的使者。相传樊江东岳庙的"阴司间"的构造,本来是极其特别的:门口是一块活板,人一进门,踏着活板的这一端,塑在那一端的他便扑过来,铁索正套在你脖子上。后来吓死了一个人,钉实了,所以在我幼小的时候,这就已不能动。

倘使要看个分明,那么,《玉历钞传》上就画着他的像,不过《玉历钞传》也有繁简不同的本子的,倘是繁本,就一定有。身上穿的是斩衰凶服,腰间束的是草绳,脚穿草鞋,项挂纸锭;手上是破芭蕉扇,铁索,算盘;肩膀是耸起的,头发却披下来；眉眼的外梢都向下，像一个"八"字。头上一顶长方帽，下大顶小，按比例一算，该有二尺来高罢；在正面，就是遗老遗少们所戴瓜皮小帽的缀一粒珠子或一块宝石的地方，直写着四个字道："一见有喜。"有一种本子上，却写的是"你也来了"。这四个字，是有时也见于包公殿的扁额上的，至于他的帽上是何人所写，他自己还是阎罗王，我可没有研究出。

《玉历钞传》上还有一种和活无常相对的鬼物，装束也相仿，叫作"死有分"。这在迎神时候也有的，但名称却讹作死无常了，黑脸，黑衣，谁也不爱看。在"阴司间"里也有的，胸口靠着墙壁，阴森森地站着；那才真真是"碰壁"。凡有进去烧香的人们，必须摩一摩他的脊梁，据说可以摆脱了晦气；我小时也曾摩过这脊梁来，然而晦气似乎终于没有脱，——也许那时不摩，现在的晦气还要重罢，这一节也还是没有研究出。

我也没有研究过小乘佛教的经典，但据耳食之谈，则在印度的佛经里，焰摩天是有的，牛首阿旁也有的，都在地狱里做主任。至于勾摄生魂的使者的这无常先生，却似乎于古无征，耳所习闻的只有什么"人生无常"之类的话。大概这意思传到中国之后，人们便将他具象化了。这实在是我们中国人的创作。

然而人们一见他，为什么就都有些紧张，而且高兴起来呢？

凡有一处地方，如果出了文士学者或名流，他将笔头一扭，就很容易变成"模范县"。我的故乡，在汉末虽曾经虞仲翔先生揄扬过，但是那究竟太早了，后来到底免不了产生所谓"绍兴师爷"，不过也并非男女老小全是"绍兴师爷"，别的"下等人"也不少。这些"下等人"，要他们发什么"我们现在走的是一条狭窄险阻的小路，左面是一个广漠无际的泥潭，右面也是一片广漠无际的浮砂，前面是遥遥茫茫荫在薄雾的里面的目的地"那样热昏似的妙语，是办不到的，可是在无意中，看得往这"荫在薄雾的里面的目的地"的道路很明白：求婚，结婚，养孩子，死亡。但这自然是专就我的故乡而言，若是"模范县"里的人民，那当然又作别论。他们——敝同乡"下等人"——的许多，活着，苦着，被流言，被反噬，因了积久的经验，知道阳间维持"公理"的只有一个会，而且这会的本身就是"遥遥茫茫"，于是乎势不得不发生对于阴间的神往。人是大抵自以为衔些冤抑的；活的"正人君子"们只能骗鸟，若问愚民，他就可以不假思索地回答你：公正的裁判是在阴间！

想到生的乐趣，生固然可以留恋；但想到生的苦趣，无常也不一定是恶客。无论贵贱，无论贫富，其时都是"一双空手见阎王"，有冤的得伸，有罪的就得罚。然而虽说是"下等人"，也何尝没有反省？自己做了一世人，又怎么样呢？未曾"跳到半天空"么？没有"放冷箭"么？无常的手里就拿着大算盘，你摆尽臭架子也无益。对付别人要滴水不羼的公理，对自己总还不如虽在阴司里也还能够寻到一点私情。然而那又究竟是阴间，阎罗天子，牛首阿旁，还有中国人自己想出来的马面，都是并不兼差，真正主持公理的脚色，虽然他们并没有在报上发表过什么大文章。当还未做鬼之前，有时先不欺心的人们，遥想着将来，就又不能不想在整块的公理中，来寻一点情面的末屑，这时候，我们的活无常先生便见得可亲爱了，利中取大，害中取小，我们的古哲墨翟先生谓之"小取"云。

在庙里泥塑的，在书上墨印的模样上，是看不出他那可爱来的。最好是去看戏。但看普通的戏也不行，必须看"大戏"或者"目连戏"。目连戏的热闹，张岱在《陶庵梦忆》上也曾夸张过，说是要连演两三天。在我幼小时候可已经不然了，也如大戏一样，始于黄昏，到次日的天明便完结。这都是敬神禳灾的演剧，全本里一定有一个恶人，次日的将近天明便是这恶人的收场的时候，"恶贯满盈"，阎王出票来勾摄了，于是乎这活的活无常便在戏台上出现。

我还记得自己坐在这一种戏台下的船上的情形，看客的心情和普通是两样的。平常愈夜深愈懒散，这时却愈起劲。他所戴的纸糊的高帽子，本来是挂在台角上的，这时预先拿进去了；一种特别乐器，也准备使劲地吹。这乐器好像喇叭，细而长，可有七八尺，大约是鬼物所爱听的罢，和鬼无关的时候就不用；吹起来，Nhatu, nhatu, nhatututuu 地响，所以我们叫它"目连嗐头"。

在许多人期待着恶人的没落的凝望中,他出来了,服饰比画上还简单,不拿铁索,也不带算盘,就是雪白的一条莽汉,粉面朱唇,眉黑如漆,蹙着,不知道是在笑还是在哭。但他一出台就须打一百零八个嚏,同时也放一百零八个屁,这才自述他的履历。可惜我记不清楚了,其中有一段大概是这样:

> ……
> 大王出了牌票,叫我去拿隔壁的癞子。
> 问了起来呢,原来是我堂房的阿侄。
> 生的是什么病?伤寒,还带痢疾。
> 看的是什么郎中?下方桥的陈念义la儿子。
> 开的是怎样的药方?附子,肉桂,外加牛膝。
> 第一煎吃下去,冷汗发出;
> 第二煎吃下去,两脚笔直。
> 我道nga阿嫂哭得悲伤,暂放他还阳半刻。
> 大王道我是得钱买放,就将我捆打四十!

这叙述里的"子"字都读作入声。陈念义是越中的名医,俞仲华曾将他写入《荡寇志》里,拟为神仙;可是一到他的令郎,似乎便不大高明了。la者"的"也;"儿"读若"倪",倒是古音罢;nga者,"我的"或"我们的"之意也。

他口里的阎罗天子仿佛也不大高明,竟会误解他的人格，——不，鬼格。但连"还阳半刻"都知道，究竟还不失其"聪明正直之谓神"。不过这惩罚，却给了我们的活无常以不可磨灭的冤苦的印象，一提起，就使他更加蹙紧双眉，捏定破芭蕉扇，脸向着地，鸭子浮水似的跳舞起来。

Nhatu, nhatu, nhatu-nhatu-nhatututuu！目连嘻头也冤苦不堪似的吹着。

他因此决定了：

难是弗放者个！
哪怕你，铜墙铁壁！
哪怕你，皇亲国戚！
…………

"难"者，"今"也；"者个"者"的了"之意，词之决也。"虽有忮心，不怨飘瓦"，他现在毫不留情了，然而这是受了阎罗老子的督责之故，不得已也。一切鬼众中，就是他有点人情；我们不变鬼则已，如果要变鬼，自然就只有他可以比较的相亲近。

我至今还确凿记得，在故乡时候，和"下等人"一同，常常这样高兴地正视过这鬼而人，理而情，可怖而可爱的无常；而且欣赏他脸上的哭或笑，口头的硬语与谐谈……

迎神时候的无常，可和演剧上的又有些不同了。他只有动作,没有言语,跟定了一个捧着一盘饭菜的小丑似的脚色走,他要去吃;他却不给他。另外还加添了两名脚色,就是"正人君子"之所谓"老婆儿女"。凡"下等人",都有一种通病:常喜欢以己之所欲,施之于人。虽是对于鬼,也不肯给他孤寂,凡有鬼神,大概总要给他们一对一对地配起来。无常也不在例外。所以,一个是漂亮的女人,只是很有些村妇样,大家都称她无常嫂;这样看来,无常是和我们平辈的,无怪他不摆教授先生的架子。一个是小孩子,小高帽,小白衣;虽然小,两肩却已经耸起了,眉目的外梢也向下。这分明是无常少爷了,大家却叫他阿领,对于他似乎都不很表敬意;猜起来,仿佛是无常嫂的前夫之子似的。但不知何以相貌又和无常有这么像?吁!鬼神之事,难言之矣,只得姑且置之弗论。至于无常何以没有亲儿女,到今年可很容易解释了;鬼神能前知,他怕儿女一多,爱说闲话的就要旁敲侧击地锻成他拿卢布,所以不但研究,还早已实行了"节育"了。

　　这捧着饭菜的一幕,就是"送无常"。因为他是勾魂使者,所以民间凡有一个人死掉以后,就得用酒饭恭送他。至于不给他吃,那是赛会时候的开玩笑,实际上并不然。但是,和无常开玩笑,是大家都有此意的,因为他爽直,爱发议论,有人情,——要寻真实的朋友,倒还是他妥当。

　　有人说,他是生人走阴,就是原是人,梦中却入冥去当差的,所以很有些人情。我还记得住在离我家不远的小屋子里的一个男人，便自称是"走无常"，门外常常燃着香烛。但我看他脸上的鬼气反而多。莫非入冥做了鬼，倒会增加人气的么？吁！鬼神之事，难言之矣，这也只得姑且置之弗论了。

六月廿三日

（选自《鲁迅全集》第2卷，人民文学出版社，1981年版）

女吊

鲁　迅

　　大概是明末的王思任说的罢："会稽乃报仇雪耻之乡，非藏垢纳污之地！"这对于我们绍兴人很有光彩，我也很喜欢听到，或引用这两句话。但其实，是并不的确的；这地方，无论为哪一样都可以用。

　　不过一般的绍兴人，并不像上海的"前进作家"那样憎恶报复，却也是事实。单就文艺而言，他们就在戏剧上创造了一个带复仇性的，比别的一切鬼魂更美，更强的鬼魂。这就是"女吊"。我以为绍兴有两种特色的鬼，一种是表现对于死的无可奈何，而且随随便便的"无常"，我已经在《朝花夕拾》里得了绍介给全国读者的光荣了，这回就轮到别一种。

　　"女吊"也许是方言，翻成普通的白话，只好说是"女性的吊死鬼"。其实，在平时，说起"吊死鬼"，就已经含有"女性的"的意思的，因为投缳而死者，向来以妇人女子为最多。

有一种蜘蛛，用一枝丝挂下自己的身体，悬在空中，《尔雅》上已谓之"蜆，缢女"，可见在周朝或汉朝，自经的已经大抵是女性了，所以那时不称它为男性的"缢夫"或中性的"缢者"。不过一到做"大戏"或"目连戏"的时候，我们便能在看客的嘴里听到"女吊"的称呼。也叫作"吊神"。横死的鬼魂而得到"神"的尊号的，我还没有发见过第二位，则其受民众之爱戴也可想。但为什么这时独要称她"女吊"呢？很容易解：因为在戏台上，也要有"男吊"出现了。

我所知道的是四十年前的绍兴，那时没有达官显宦，所以未闻有专门为人（堂会？）的演剧。凡做戏，总带着一点社戏性，供着神位，是看戏的主体，人们去看，不过叨光。但"大戏"或"目连戏"所邀请的看客，范围可较广了，自然请神，而又请鬼，尤其是横死的怨鬼。所以仪式就更紧张，更严肃。一请怨鬼，仪式就格外紧张严肃，我觉得这道理是很有趣的。

也许我在别处已经写过。"大戏"和"目连"，虽然同是演给神、人、鬼看的戏文，但两者又很不同。不同之点：一在演员，前者是专门的戏子，后者则是临时集合的 Amateur[①]——农民和工人；一在剧本，前者有许多种，后者却好歹总只演一本《目连救母记》。然而开场的"起殇"，中间的鬼魂时时出现，收场的好人升天，恶人落地狱，是两者都一样的。

[①] 英语，业余从事文艺、科学或体育运动的人。这里指业余演员。

当没有开场之前，就可看出这并非普通的社戏，为的是台两旁早已挂满了纸帽，就是高长虹之所谓"纸糊的假冠"，是给神道和鬼魂戴的。所以凡内行人，缓缓的吃过夜饭，喝过茶，闲闲而去，只要看挂着的帽子，就能知道什么鬼神已经出现。因为这戏开场较早，"起殇"在太阳落尽时候，所以饭后去看，一定是做了好一会了，但都不是精彩的部分。"起殇"者，绍兴人现已大抵误解为"起丧"，以为就是召鬼，其实是专限于横死者的。《九歌》中的《国殇》云："身既死兮神以灵，魂魄毅兮为鬼雄"，当然连战死者在内。明社垂绝，越人起义而死者不少，至清被称为叛贼，我们就这样的一同招待他们的英灵。在薄暮中，十几匹马，站在台下了；戏子扮好一个鬼王，蓝面鳞纹，手执钢叉，还得有十几名鬼卒，则普通的孩子都可以应募。我在十余岁时候，就曾经充过这样的义勇鬼，爬上台去，说明志愿，他们就给在脸上涂上几笔彩色，交付一柄钢叉。待到有十多人了，即一拥上马，疾驰到野外的许多无主孤坟之处，环绕三匝，下马大叫，将钢叉用力的连连刺在坟墓上，然后拔叉驰回，上了前台，一同大叫一声，将钢叉一掷，钉在台板上。我们的责任，这就算完结，洗脸下台，可以回家了，但倘被父母所知，往往不免挨一顿竹篠（这是绍兴打孩子的最普通的东西），一以罚其带着鬼气，二以贺其没有跌死，但我却幸而从来没有被觉察，也许是因为得了恶鬼保佑的缘故罢。

这一种仪式，就是说，种种孤魂厉鬼，已经跟着鬼王和鬼卒，前来和我们一同看戏了，但人们用不着担心，他们深知道理，这一夜决不丝毫作怪。于是戏文也接着开场，徐徐进行，人事之中，夹以出鬼：火烧鬼，淹死鬼，科场鬼（死在考场里的），虎伤鬼……孩子们也可以自由去扮，但这种没出息鬼，愿意去扮的并不多，看客也不将它当作一回事。一到"跳吊"时分——"跳"是动词，意义和"跳加官"之"跳"同——情形的松紧可就大不相同了。台上吹起悲凉的喇叭来，中央的横梁上，原有一团布，也在这时放下，长约戏台高度的五分之二。看客们都屏着气，台上就闯出一个不穿衣裤，只有一条犊鼻裈①，面施几笔粉墨的男人，他就是"男吊"。一登台，径奔悬布，像蜘蛛的死守着蛛丝，也如结网，在这上面钻，挂。他用布吊着各处：腰，胁，胯下，肘弯，腿弯，后项窝……一共七七四十九处。最后才是脖子，但是并不真套进去的，两手扳着布，将颈子一伸，就跳下，走掉了。这"男吊"最不易跳，演目连戏时，独有这一个脚色须特请专门的戏子。那时的老年人告诉我，这也是最危险的时候，因为也许会招出真的"男吊"来。所以后台上一定要扮一个王灵官，一手捏诀，一手执鞭，目不转睛的看着一面照见前台的镜子。倘镜中见有两个，那么，一个就是真鬼了，他得立刻跳出去，用鞭将假鬼打落台下。假鬼一落台，就该跑到河边，洗去粉墨，挤在人丛中看戏，然后

---

① 这里指绍兴一带称为牛头裤的一种短裤。

慢慢的回家。倘打得慢，他就会在戏台上吊死；洗得慢，真鬼也还会认识，跟住他。这挤在人丛中看自己们所做的戏，就如要人下野而念佛，或出洋游历一样，也正是一种缺少不得的过渡仪式。

这之后，就是"跳女吊"。自然先有悲凉的喇叭；少顷，门幕一掀，她出场了。大红衫子，黑色长背心，长发蓬松，颈挂两条纸锭，垂头，垂手，弯弯曲曲的走一个全台，内行人说：这是走了一个"心"字。为什么要走"心"字呢？我不明白。我只知道她何以要穿红衫。看王充的《论衡》，知道汉朝的鬼的颜色是红的，但再看后来的文字和图画，却又并无一定颜色，而在戏文里，穿红的则只有这"吊神"。意思是很容易了然的；因为她投缳之际，准备作厉鬼以复仇，红色较有阳气，易于和生人相接近，……绍兴的妇女，至今还偶有搽粉穿红之后，这才上吊的。自然，自杀是卑怯的行为，鬼魂报仇更不合于科学，但那些都是愚妇人，连字也不认识，敢请"前进"的文学家和"战斗"的勇士们不要十分生气罢。我真怕你们要变呆鸟。

她将披着的头发向后一抖，人这才看清了脸孔：石灰一样白的圆脸，漆黑的浓眉，乌黑的眼眶，猩红的嘴唇。听说浙东的有几府的戏文里，吊神又拖着几寸长的假舌头，但在绍兴没有。不是我袒护故乡，我以为还是没有好；那么，比起现在将眼眶染成淡灰色的时式打扮来，可以说是更彻底，更可爱。不过下嘴角应该略略向上，使嘴巴成为三角形：这也不是丑模样。

假使半夜之后,在薄暗中,远处隐约着一位这样的粉面朱唇,就是现在的我,也许会跑过去看看的,但自然,却未必就被诱惑得上吊。她两肩微耸,四顾,倾听,似惊,似喜,似怒,终于发出悲哀的声音,慢慢地唱道:

奴奴本是杨家女,
呵呀,苦呀,天哪!……

下文我不知道了。就是这一句,也还是刚从克士那里听来的。但那大略,是说后来去做童养媳,备受虐待,终于弄到投缳。唱完就听到远处的哭声,这也是一个女人,在衔冤悲泣,准备自杀。她万分惊喜,要去"讨替代"了,却不料突然跳出"男吊"来,主张应该他去讨。他们由争论而至动武,女的当然不敌,幸而王灵官虽然脸相并不漂亮,却是热烈的女权拥护家,就在危急之际出现,一鞭把男吊打死,放女的独去活动了。老年人告诉我说:古时候,是男女一样的要上吊的,自从王灵官打死了男吊神,才少有男人上吊;而且古时候,是身上有七七四十九处,都可以吊死的,自从王灵官打死了男吊神,致命处才只在脖子上。中国的鬼有些奇怪,好像是做鬼之后,也还是要死的,那时的名称,绍兴叫作"鬼里鬼"。但男吊既然早被王灵官打死,为什么现在"跳吊",还会引出真的来呢?我不懂这道理,问问老年人,他们也讲说不明白。

而且中国的鬼还有一种坏脾气，就是"讨替代"，这才完全是利己主义；倘不然，是可以十分坦然的和他们相处的。习俗相沿，虽女吊不免，她有时也单是"讨替代"，忘记了复仇。绍兴煮饭，多用铁锅，烧的是柴或草，烟煤一厚，火力就不灵了，因此我们就常在地上看见刮下的锅煤。但一定是散乱的，凡村姑乡妇，谁也决不肯省些力，把锅子伏在地面上，团团一刮，使烟煤落成一个黑圈子。这是因为吊神诱人的圈套，就用煤圈炼成的缘故。散掉烟煤，正是消极的抵制，不过为的是反对"讨替代"，并非因为怕她去报仇。被压迫者即使没有报复的毒心，也决无被报复的恐惧，只有明明暗暗，吸血吃肉的凶手或其帮闲们，这才赠人以"犯而勿校"或"勿念旧恶"的格言，——我到今年，也愈加看透了这些人面东西的秘密。

九月十九—廿日

（选自《鲁迅全集》第6卷，人民文学出版社，1981年版）

鬼趣图

唐弢

　　清人罗两峰有几幅《鬼趣图》，慕名已久，可是无从得见。去年沪战以后，偶从旧书店里买得两册文明书局玻璃版本，为顺德辛氏芋花庵所藏，才知坊间已有印行。

　　画共八帧，也许是因为绢本的缘故，除了第二第三第八帧外，其余都很模糊。诗文题识，乾嘉以后，代有名手，多到八十余人。大都借题发挥，牢骚多端，颇合我这个"也被揶揄半世来"者的脾胃。

　　全集第一帧，在模糊里辨认得出的，是两个面目狰狞的半身鬼，站在黑雾浓烟里。有始无终，原是鬼国惯例，至于放些空气掩住马脚，也似乎不足为奇。张问陶句云："莫骇泥犁多变相，须怜鬼国少完人。"这种说法，至少在我看来，还是有些绅士们所谓"存心忠厚"之意的。

　　第二帧画一个羸奴，跟在胖主人后面，赤身跣足，戴了顶缀着残缨的破帽，使出腐儒摇摆的架子，仿佛在暮夜奔走。"冠狗随人空跳舞"，便是在夜台，也还忘不了施展钻营的伎俩。

除了一男一女外，第三帧里还有个白衣无常，宽袖高帽，拿着扇子和雨伞，与《玉历钞本》所画的颇有出入。第四帧里看得清的，是一个拿着藜杖，状如弥勒佛然而却哭丧着脸的矮胖子。蒋士铨七古开篇云："侏儒饱死肥而俗，身是行尸魂走肉。"看来这位矮先生，生前惯做歌颂圣德的妙文和三角式的肉感小说，颇曾发过一番财的。

第五帧是一个瘦长的鬼物，在云端里奔驰，头发披散得像"大师""艺术家"之流。这个鬼物既能上达天听，要不是诡计多端，想必终有些吹牛拍马的秘诀。第六帧是一个头大过身的怪鬼，吓跑了两个鬼子鬼孙。第七帧只看得清一顶伞和几个鬼头。第八帧在全书里最清楚，是两个骷髅。在枯木乱石、蔓草荒烟里对语。张问陶题句云："对面不知人有骨，到死方信鬼无皮。"如果拿来移赠当今的无耻文人，却是绝妙好联！

这八帧画的含义，和这个社会实在太稔熟了。古人以为画人难于画鬼，所以颇有人替两峰担忧，原因是："却愁他日生天去，鬼向先生乞画人。"其实这也并不是难以解决的问题，两峰只要带着这八帧画去见鬼，同时告诉他们说：

"这便是人！"

一九三三年八月廿三日

（选自《唐弢杂文集》，生活·读书·新知三联书店，1984年版）

论《封神榜》

聂绀弩

《封神榜》这部书，一向没有登过大雅之堂。字句粗陋，章法呆板，结构草率不说，把许多后来才有的人物、姓氏、军用器具、文章体裁……都扯到商周时代去，实在值不得"博雅君子们"的一笑。尽管这样，《封神榜》却作为大众读物之一，在中国旧社会里面，占着它确乎不拔的支配地位。"姜太公在此，诸神回避"的纸条儿，到处都可以碰见：财神赵公明、东岳大帝黄飞虎以及麒麟送子的三霄娘娘……的庙宇，各地都有。至于三头六臂的哪吒、八九玄功的杨戬们的英勇的战绩，就是不认识字，没有直接看过这书的乡下放牛的砍柴的人们，也背得出一两套来。有一年，我在军队里，打仗打到东江很偏僻的乡村，那些乡村里，什么都没有了，只剩下几堵没有烧完的土墙。那些墙上，高高地贴着些褪了色的红纸条儿，上面写着"金灵圣母神位""火灵圣母神位"之类；虽然到现在我不知道那些地方的农民把"圣母"们当做怎样的尊神在供奉，为什么要供奉，平常以怎样的方式在供奉。中国的旧小说，在旧社会里，已经失掉了小说的意义而成功为历史的经典的，《封神榜》，恐怕要算第一部书了。

然而大众选择了《封神榜》这部书，并不是偶然的。除了书中的故事架空诡幻，足以歆动并非"博雅君子"的大众以外，这书还：第一，对旧社会所迷信的神道的来源，给了一个歪曲的解答。第二，告诉他们，"朝廷"如果无道，使得民不聊生的时候，就会有真命天子出世。第三，教他们在自己的困苦的生活之中，咀嚼着神奇的超现实的幻想来作自我麻醉。这三点，对于大众都是要不得的。迷信在某种制度里面本是免不掉的。大众的知识，不能分析、了解许多"不可思议"的现象，于是只好推之于超越的神；到了推之于神之后，"神又是从哪里来的呢？"这问题又马上发生。《封神榜》答复了，这答复却使大众迷信更愚昧。真命天子出世，本来不是大众自己的希望。大众的希望很简单：生活的改善。江湖术士之流乘机起而告曰：要生活改善，除非真命天子出世。这样，大众才把这怪物收为己有了。至于不教大众在现实生活中学习奋斗，反教学会麻醉，显然又是一种阴谋。这里，大众完全处于被欺骗的地位。

不过《封神榜》，如果要说它好，不见得就没有话。譬如说它暗示着多少革命的意义，似乎也可以。我们有很多教我们"为国家，秉忠心，食君禄，报王恩""除暴安良，改邪归正"

的书，像《施公案》《彭公案》之类；谁敢大胆跟皇家作对，那结果一定很惨，像以"诲盗"著名的《水浒》，也不是教一百单八将去为朝廷平寇，就是为朝廷所平。至于把旧的朝廷推翻，重新建立新的朝廷这种话，就很少人敢提。到现在为止，每一个时代都有那一个时代的说话的困难。居今论古，推己及人，安知《封神榜》的作者，不是自己的思想太危险，不容易存在，所以转弯抹角故意找出武王伐纣这一确有的史实来，又故意使它穿上神怪的衣衫，以掩饰它的内容的呢？例如周跟殷，用历史的眼光看来，不应该是像后世那样严格的君臣关系。《封神榜》写的那样像煞介事，如果不是对历史的无知，说不定就是别有用心。自然，即使这样解释，也并不能提高《封神榜》的多少价值。这书所写的革命，并非起自民间，结局又不见真有制度的改换。在现在看来，岂非"以暴易暴兮，不知其非矣"？虽说这话对若干年前的《封神榜》的作者，未免太苛。

《封神榜》上最雄辩的两句话是："成汤气数已尽，周室天命所归。"就这两句话，演出了许多"正"教跟"邪"教的冲突。什么"气数""天命"，"正"跟"邪"之类，固然玄妙难测，只是江湖术士的滥调。但剥去那江湖术士的外衣，也未尝不可以有朴素的脚踏实地的解释。作恶多端、残害人民的是"气数已尽"的旧势力，为那旧势力效力的是"邪"教；代表人民、反对独夫的是"天命所归"的新势力，效忠于新势力的是"正"教。在"气数已尽"跟"天命所归"的两方的对比，《封神榜》

写得很为尽致。气数已尽的那方面,一切的权力都在他的手里。他可以调动天下的兵马去挞伐他的仇敌。他的祖宗在几百年以前就替他留下许多根基,养成许多忠臣义士来替他效力。许多"君要臣死,臣不敢不死"的理论家替他辩护。许多武士极周密地为他守卫。他有许多高官、厚禄、空名或实惠可以奖给效忠于他的人们。甚至跟他毫无关系的人,像通天教主、申公豹之流,都各各为了自己的某种原因,暗地为他奔走、拼命。一句话,一切形势都是利于他的。但是他的寿命延长一天,就是他的罪恶加重一天,加多一天,种种挣扎的手段,刚刚都变成了他的罪恶,不过格外使人民认清他,恼恨他,加强打倒他的决心罢了。另一方面呢,恰好相反,起初,人是少的,力量是小的;但是他们是"天命所归",于是登高一呼,万众都响应了。扑灭他们!他们的敌人永久也不会忘记。瞧,"三十六路伐西岐""诛仙阵""万仙阵",多厉害!并且"乱臣贼子"的头衔,刻在他们的额角上,一离开队伍,未必不真会"人人得而诛之"!然而无法,他们终要"会师孟津,观政商郊",打倒旧的朝廷,建立起新的朝廷来。自然,他们失败是有的,苦痛、死亡也是有的,那有什么关系呢,种种挫折造成了他们的最后胜利。并且那时候"正"教跟"邪"教的道法究竟谁高谁低也判然了。

又,旧势力方面,白白死了许多忠臣义士武人说客,没有发生什么效果,是很可惜的。用《封神榜》的说法,这些枉死的人们,或者是因为"执迷不悟"吧。但像通天教主那样法力无边，该不会再执什么"迷"；乃因门下畜生道中的角色太多，竟受小家伙们的拨弄，想用自己的道法，挽回已倒的狂澜：卒至身败名裂，遗臭于天下后世，未免太不上算。还有申公豹先生，本是"玉虚门徒"，也很懂得点"天命""气数"，本可以"返本还元"，成为真仙的吧，又不料为了一点私人意气，甘心叛教，不辞劳瘁地到"三山五岳"去煽动"道友"们来跟同教的师友弟侄们作对，以致断送了许多"道友"的性命，自己也身填北海，更为不值。这些"逆天行事"的榜样，《封神榜》也写得不错。

总之，《封神榜》这部书，光凭它的神怪这一点，就毒害了中国社会不知多深多久，是谁都不能辩护的。不过我们"读书人"，本有点爱作"翻案文章"的怪癖，如果体会历来说话之难，肯到沙里淘金，弦外寻韵，就是很无聊的书，也未必不可以寻出多少意义来。若说想借"天命""气数"等江湖术士的滥调来妖言惑众，则吾岂敢？

一九三四年七月六日，上海

（选自《聂绀弩杂文集》，生活·读书·新知三联书店，1981年版）

鬼与狐

老 舍

我所见过的鬼都是鼻眼俱全,带着腿儿,白天在街上溜达的。夜里出来活动的鬼,还未曾遇到过;不是他们的过错,而是因为我不敢走黑道儿。平均地说,我总是晚上九点后十点前睡觉,鬼们还未曾出来;一睁眼就又天亮了,据说鬼们是在鸡鸣以前回家休息的。所以我老与鬼们两不照面,向无交往。即使有时候鬼在半夜扒着窗户看看我,我向来是睡得如死狗一般,大概他们也不大好意思惊动我。据我推测,鬼的拿手戏是在吓吓人;那么,我夜间不醒,他也就没办法。就是他想一口冷气把我吹死,到底未能先使我的头发立起如刺猬的样子,他大概是不会过瘾的。

假若黑夜的鬼可以躲避,白天的鬼倒真没法儿防备。我不能白天也老睡觉。只要我一上街,总得遇上他。有时候在家中静坐,他会找上门来。夜里的鬼并不这样讨人嫌。还有呢,夜间的鬼有种种奇装异服与怪脸面，使人一见就知道鬼来了，如披散着头发，吐着舌头，走道儿没声音和驾着阴风等等。这些特异的标志使人先有个准备，能打呢就和他开仗，如若个子太高或样子太可怕呢，咱就给他表演个二百米或一英里竞走，虽然他也许打破我的纪录，而跑到前面去，可是到底我有个希望。白天的鬼，哼，比夜间的要厉害着多少倍，简直不知多少倍。第一，他不吐舌头，也不打旋风；他只在你不留神的时候，脚底下一绊，你准得躺下。他的样子一点也不见得比我难看，十之八九是胖胖的，一肚子鬼胎。他要能吓唬你，自然是见面就"虎"一气了；可是一般地说，他不"虎"，而是嬉皮笑脸地讨人喜欢，等你中了他的计策之后，你才觉出他比棺材板还硬还凉。他与夜鬼的分别是这样：夜鬼拿人当人待，他至多不过希望拉个替身；白日鬼根本不拿人当人，你只是他的诡计中的一个环节，你永远逃不出他的圈儿。夜鬼大概多少有点委屈，所以白脸红舌头地出出恶气，这情有可原。白日鬼什么委屈也没有，他干脆要占别人的便宜。夜鬼不讲什么道德，因为他晓得自己是鬼；白日鬼很讲道德，嘴里讲，心里是男盗女娼一应俱全。更厉害的是他比夜鬼的心眼多，他知道怎样有组织，用大家的势力摆下迷魂大阵，把他所要收拾的一一地捉进阵去。在夜鬼的历史里，很少有大头鬼、吊死鬼等等联合起来做大规模运动的。白日鬼可就两样了，他们永远有团体，有计划，使你躲开这个，躲不开那个，早晚得落在他们的手中。夜鬼因为势力孤单，他知道怎样不专凭势力，而有时也去找个清官，如包老爷之流，诉诉委屈，而从法律上雪冤报仇。白日鬼不讲这一套，世上的包老爷多数死在他们的手里，更不用说别人了。这种鬼的存在似乎专为害人，就是害不死人，也把人气死。他们什么也晓得，只是不晓得怎样不讨厌。他们的心眼很复杂，很快，很柔软——像块皮糖似的怎揉怎合适，怎方便怎去。他们没有半点火气，地道的纯阴，心凉得像块冰似的，口中叼着大吕宋烟。

这种无处无时不讨厌的鬼似乎该有个名称，我想"不知死的鬼"就很恰当。这种鬼虽具有人形，而心肺则似乎不与人心人肺的标本一样。他在顶小的利益上看出天大的甜头，在极黑暗的地方看出美，找到享乐。他吃，他唱，他交媾，他不知道死。这种玩意们把世界弄成了鬼的世界，有地狱的黑暗，而无其严肃。

鬼之外，应当说到狐。在狐的历史里，似乎女权很高，千年白狐总是变成妖艳的小娘子——可惜就是有时候露出点小尾巴。虽然有时候狐也变成白发老翁，可是究竟是老翁，少壮的男狐精就不大听说。因此，鬼若是可怕，狐便可怕而又可喜，往往使人舍不得她。她浪漫。

因为浪漫，狐似乎有点傻气，至少比"不知死的鬼"傻多了。修炼了千年或更长的时间才能化为人形，不刻苦地继续下工夫，却偏偏为爱情而牺牲，以至被张天师的掌手雷打个粉碎，其愚不可及也。况且所爱的往往不是有汽车高楼的痴胖子，而是风流年少的穷书生，这太不上算了，要按着世上女鬼的逻辑说。

狐的手段也不高明。对于得罪他们的人，只会给饭锅里扔把沙子，或把茶壶茶碗放在厕所里去。这种办法太幼稚，只能恼人而不叫人真怕他们。于是人们请来高僧或捉妖的老道，门前挂上符咒，老少狐仙便即刻搬家。在这一点上，狐远不及鬼，尤其不及白日的鬼。鬼会在半夜三更叫唤几声，就把人吓得藏在被窝里出白毛汗，至少得烧点纸钱安慰安慰冤魂。至于那白日鬼就更厉害了，他会不动声色地，跟你一块吃喝的工夫，把你送到阴间去，到了阴间你还不知道是怎回事呢。

我以为说鬼说狐的故事与文艺大概多数的是为造成一种恐怖，故意地供给一种人为的哆嗦，好使心中空洞的人有些一想就颤抖的东西——神经的冷水浴。在这个目的以外，也许还有时候含着点教训，如鬼狐的报恩等等。不论是怎样吧，写这样故事的人大概都是为避免着人事，因为人事中的阴险诡诈远非鬼所能及；鬼的能力与心计太有限了，所以鬼事倒比较的容易写一些。至于鬼狐报恩一类的事，也许是求之人世而不可得，乃转而求诸鬼狐吧。

（选自《老舍幽默文集》，湖南人民出版社，1983年版）

画鬼

丰子恺

《后汉书·张衡传》云:"画工恶图犬马,好作鬼魅,诚以事实难作,而虚伪无穷也。"

《韩非子》云:"狗马最难,鬼魅最易。狗马人所知也,旦暮于前,不可类之,故难。鬼魅无形,无形者不可睹,故易。"

这两段话看似道理很通,事实上并不很对。"好作鬼魅"的画工,其实很少。也许当时确有一班好作鬼魅的画工,但一般地看来,毕竟是少数。至于"鬼魅最易"之说,我更不敢同意。从画法上看来,鬼魅也一样地难画,甚或适得其反:"犬马最易,鬼魅最难。"

何以言之?所谓"犬马最难,鬼魅最易",从画法上看来,是以"形似"为绘画的主要标准而说的话。"形似"就是"画得像"。"像"一定有个对象,拿画同对象相比较,然后知道像不像。充其极致,凡画中物的形象与实物的形象很相同的,其画描得很像，在形似上便可说是很优秀的画。反之，凡画中物的形象与实物的形象很不相同的，其画描得很不像，在形似上便可说是很拙劣的画。画犬马，有对象可比较，像不像一看就知道，所以说它难画；画鬼魅，没有对象可比较，无所谓像不像，所以说它容易画。——这便是以"像不像实物"为绘画批评的主要标准的。

这标准虽不错误，实太低浅。因为充其极致，照相将变成最优秀的绘画；而照相发明以后，一切画法都可作废，一切画家都可投笔了。照相发明至今已数百年，而画法依然存在，画家依然活动，即可证明绘画非照相所能取代，即绘画自有照相所不逮的另一种好处，亦即绘画不仅以形似为标准，尚有别的更重要的标准在这里。这更重要的标准是什么？

简言之："绘画以形体肖似为肉体，以神气表现为灵魂。"即形体的肖似固然是绘画的一个重要目标，但此外还有一个更重要的目标，是要表现物象的神气。倘只有形似而缺乏神气，其画就只有肉体而没有灵魂，好比一个尸骸。

譬如画一只狗，依照实物的尺寸，依照实物的色彩，依照解剖之理，可以画得非常正确而肖似。然而这是博物图，是"科学的绘画"，绝不是艺术的作品。因为这只狗缺乏神气。倘要使它变成艺术的绘画，必须于形体正确之外，再仔细观察狗的神气，尽力看出它立、坐、跑、叫等种种时候形象上所起的变化的特点，把这特点稍加夸张而描出在纸上。夸张过分，妨碍了实物的尺寸、色彩或解剖之理的时候也有。例如画吠的狗，把嘴画得比实物更大了些；画跑的狗，把脚画得比实际更长了些；画游戏的狗，把脸孔画成了带些笑容。然而看画的人并不埋怨画家失实，反而觉得这画富有画趣。所以有许多画，像中国的山水画、西洋的新派画以及漫画，为了要明显地表现出物象的神气，常把物象变形，变成与实物不符，甚或完全不像实物的东西。其中有不少因为夸张过甚，远离实相，走入虚构境界，流于形式主义，失却了绘画艺术所重要的客观性。但相当地夸张不但为艺术所许可，而且是必要的。因为这是绘画的灵魂所在的地方。

故正式的作画法，不是看着了实物而依样画葫芦，必须在实物的形似中加入自己的迁想——想象的工夫。譬如要画吠的狗，画家必先想象自己做了狗，（恕我这句话太粗慢了。然而为说明便利起见，不得不如此说。）在那里狂吠，然后能充分表现其神气。要画玩皮球的小黄狗，（我自己曾经在开明小学教科书中画过。）想象自己做了小黄狗，体验它的愉快的心情，然后能充分表现其神气。想象的工作，在绘画上是极重要的一事。有形的东西，可用想象使它变形，无形的东西，也可用想象使它有形。人实际是没有翅膀的，艺术家可用想象使他生翅膀，描成天使。狮子实际是没有人头的，艺术家可用想象使它长出人面孔来，造成 Sphinx（狮身人面像）。天使与 Sphinx，原来都是"无形不可睹"的，然而自从古人创作以后，至今流传着，保存着，谁能说这种艺术制作比画"旦暮于前"的犬马容易呢？

我说鬼魅也不容易画，便是为此。鬼这件东西，在实际的世间，我不敢说无，也不敢说有。因为我曾经在书中读鬼的故事，又常常听见鬼的人谈鬼的话儿，所以不敢说无；又因为我从来没确凿地见闻过鬼，所以不敢说有。但在想象的世界中，我敢肯定鬼确是有的。因为我常常在想象的世界中看见过鬼。——就是每逢在书中读到鬼的故事，从见鬼者的口中听到鬼的话儿的时候，我一定在自己心中想象出适合于其性格行为的鬼的姿态来。只要把眼睛一闭，鬼就出现在我的面前。有时我立刻取纸笔来，想把某故事中的鬼的想象姿态描画出来，然而往往不得成功。因为闭了目在想象的世界中所见的印象，到底比张开眼睛在实际的世间所见的印象薄弱得多。描来描去，难得描成一个可称适合于该故事中的鬼的性格行为的姿态。这好比侦探家要背描出曾经瞥见而没有捉住的盗贼的相貌来，银行职员要形容出冒领巨款的骗子的相貌来。闭目一想，这副相貌立刻出现；但是动笔描写起来，往往不能如意称心。因此"鬼魅最易画"一说，我万万不敢同意。大概他们所谓"最易"，是不讲性格行为，不照想象世界，而随便画一个"鬼"的意思。那么乱涂几笔也可说"这是一个鬼"，倒翻墨水瓶也可说"这是一个鬼"，毫无凭证，又毫无条件，当然是太容易了。但这些只能称之为鬼的符，不能称之为鬼的"画"。既称为画，必然有条件，即必须出自想象的世界，必须适于该鬼的性格行为。

因此我的所见适得其反："犬马最易，鬼魅最难。"犬马旦暮于前，画时可凭实物而加以想象；鬼魅无形不可睹，画时无实物可凭，全靠自己在头脑中 shape① （这里因为一时想不出相当的中国动词来，姑且借用一英文字）出来，岂不比画犬马更难？故古人说"事实难作，而虚伪无穷"，我要反对地说："事实易摹，而想象难作。"

我平生所看见过的鬼（当然是在想象世界中看见的），回想起来可分两类，第一类是凶鬼，第二类是笑鬼。现在还在我脑中留着两种清楚的印象：

小时候一个更深夜静的夏天的晚上，母亲赤了膊坐在床前的桌子旁填鞋子底，我戴个红肚兜躺在床里的篾席上。母亲把她小时候听见的"鬼压人"的故事讲给我听：据说那时我们地方上来了一群鬼。到了晚上，鬼就到人家的屋里来压睡着的人。每份人家的人，不敢大家同时睡觉，必须留一半人守夜。守夜的人一听见床里"咕噜咕噜"地响起来，就知道鬼在压这床里的人了，连忙去救。但见那人满脸通红，两眼突出，口中泛着唾沫。胸部一起一落，呼吸困急。两手紧捏拳头，或者紧抓大腿。好像身上压着一块无形的青石板的模样。救法是敲锣。锣一敲，邻近人家的守夜者就响应，全市中闹起锣来。于是床里的人渐渐苏醒，连忙拉他起来，到别处去躲避。他的指爪深深地嵌入

---

① 意即塑造，想象。——编者注

手掌中或大腿中,拔出后血流满地。据被鬼压过的人说,一个青面獠牙的鬼坐在他的胸上,用一手叉住他的头颈,用另一手批他的颊,所以如此苦闷。我听到这里,立刻从床里逃出,躲入母亲怀里。从她的肩际望到房间的暗角里、床底下或者桌子底下,似乎看见一个青面獠牙的鬼,隐现无定。身体青得厉害,发与口红得厉害,牙与眼白得更厉害。最可怕的就是这些白。这印象最初从何而来?我想大约是祖母丧事时我从经忏堂中的十殿阎王的画轴中得到的。从此以后听到人说凶鬼,我就在想象中看见这般模样。屡次想画一个出来,往往画得不满意。不满意处在于不很凶,无论如何总不及闭目回想时所见的来得更凶。

学童时代,到乡村的亲戚家做客,那家的老太太(我叫三娘娘的),晚上叫他的儿子(我叫蒋五伯的)送我回家,必然点一裹香给我拿着。我问"为什么要拿香",他们都不肯说。后来三娘娘到我家做长客,有一天晚上,她说明叫我拿香的原因,为的是她家附近有笑鬼。夏夜,三娘娘独坐在门外的摇纱椅子里,一只手里拿着佛柴(麦秆儿扎成的,取其色如金条),口里念着"南无阿弥陀佛",每天要念到深夜才去睡觉。有一晚,她忽闻耳边有吃吃的笑声,回头一看,不见一人,笑声也就没有了。她继续念佛,一会儿笑声又来。这位老太太是不怕鬼的,并不惊逃。那鬼就同她亲善起来:起初给她搔腰,后来给她搔背;她索性把眼睛闭了,那鬼就走到前面来给她敲腿,又给她在项颈里提痧。夜夜如此,习以为常。据三娘娘说,它们讨好她,为的是要钱。她的那把佛柴念了一夏天,全不发金,反而越念越发白。足证她所念出来的佛,都被它们当做捶背搔痒的工资得去,并不留在佛柴上了。初秋的有一晚,她恨那些笑鬼太要钱,有意点一支香,插在摇纱椅旁的泥地中。这晚果然没有笑声,也没有鬼来讨好她了。但到了那支香点完了的时候,忽然有一种力,将她手中的佛柴夺去,同时一阵冷风带着一阵笑声,从她耳边飞过,向远处去了。她打个寒噤,连忙搬了摇纱椅子,逃进屋里去了。第二日,捉草孩子在附近的坟地里拾得一把佛柴,看见上面束着红纸圈,知道是三娘娘的,拿回来送还她。以后她夜间不敢再在门外念佛。但是窗外仍是常有笑声。油盏火发暗了的时候,她常在天窗玻璃中看见一只白而大而平的笑脸,忽隐忽现,我听到这里毛骨悚然,立刻钻到人丛中去。偶然望望黑暗的角落里,但见一只白而大而平的笑脸,在那里慢慢地移动。其白发青,其大发浮,其平如板,其笑如哭。这印象,最初大概是从尸床上的死人得来的。以后听见人说善鬼,我就在想象中看见这般的模样。也曾屡次想画一个出来,也往往画得不满意。不满意在于不阴险。无论如何总不及闭目回想时所见的来得更阴险。

所以我认为画鬼魅比画犬马更难,其难与画佛像相同。画佛像求其尽善,画鬼魅求其极恶。尽善的相貌固然难画,极恶的相貌一样地难画。我常嫌画家所描的佛像太像普通人,不能表现出十全的美;同时嫌画家所描的鬼魅也太像普通人,不能表现出十全的丑。虽然我自己画得更不如人。

中世纪西洋画家描耶稣,常在众人中挑选一个面貌最近于理想的耶稣面貌的人,使作模特儿,然后看着了写生。中国画家画佛像,不用这般笨法。他们读万卷书,行万里路,留意万人的相貌,向其中选出最完美的耳目口鼻等部分来,在心中凑成一副近于十全的相貌,假定为佛的相貌。我想,画鬼魅也该如此。读万卷书,行万里路,研究无数凶恶人及阴险家的脸,向其中选出最丑恶的耳目口鼻等部分来,牢记其特点,集大成地描出一副极凶恶的或极阴险的脸孔来,方才可称为标准鬼脸。但这是极困难的一事,所以世间难得有十全的鬼魅画。我只能在万人的脸孔中零零碎碎地看到种种鬼相而已。

我在小时候,觉得青面獠牙的凶鬼脸最为可怕。长大后,所感就不同,觉得白而大而平的笑鬼脸比青面獠牙的凶鬼更加可怕。因为凶鬼脸是率直的,犹可当也;笑鬼脸是阴险的,令人莫可猜测,天下之可怕无过于此!我在小时候,看见零零碎碎地表现出在万人的脸孔上的鬼相,凶鬼相居多,笑鬼相居少。长大后,以至现在,所见不同,凶鬼相居少,而笑鬼相居多了。因此我觉得现今所见的世间比儿时所见的世间更加可怕。因此我这画工也与古时的画工相反,是"好作犬马",而"恶图鬼魅"的。

一九三六年暮春作,载《论语》九十二期

(选自《缘缘堂随笔集》,浙江文艺出版社,1983年版)

鬼话

施蛰存

两月前在上海晤邵洵美先生，因为他正在对于西洋文学中的鬼故事发生很大的兴趣，我也曾表示想写一篇关于鬼怪文学的小文及一篇介绍英国鬼怪小说家勒法虞（Le Fanu）的文字，但这只是一种夸张的述愿，虽然洵美先生竭力怂恿我把它们写出来，但回头一想，在种种情形之下，尤其是因为现在据说是一个崇尚现实主义的时代，我的文章似乎还是以不写为妙。

这回《论语》要出一个鬼故事专号了，洵美连写了两封快信来要我供给一点文章，来凑个热闹，因为，据他说这个专号之成为事实，乃我"当时捧场"之故。所以非给写文章不可。这样说来，我竟无意中做了这个专号的发起人，即使不写文章，也已逃不了提倡鬼怪文学的嫌疑，于是索性放笔来谈谈鬼了。

罗两峰以画《鬼趣图》出名，然而有人却以为这本领并不稀罕。理由是画鬼容易画人难。画人的眉眼精神，像不像有活人可对证；画鬼的眼眼精神，像不像便无可对证，惟其无可对证，便可任意画之。因此上，罗两峰笔下之鬼，说不来还是罗两峰心底之人，鬼趣图实在还是人趣图。非鱼者子安知鱼之乐，鬼趣图之是否逼真，实在连罗两峰自己也不明白，而况乎非罗两峰心底人之鬼，更而况乎非罗两峰画中鬼之人！

喔唷！这样一来，大有要把鬼故事专号这个计划全部推翻的气概，未免做了煞风景事。诚然，即使有人以"姑妄言之妄听之"这句妙话来"打圆场"，这个"风景"也是准"煞"定了。倘若是你来"妄言"，那么我既然知道你是妄言，如何还能"妄听"得进去？倘若要我来"妄言"，即使你有"妄听"的本领，我也实在"妄"不出"言"来。真的，就是"姑"也无从"姑"起。眼前老老实实的都是人，加紧工夫说人，也还没说得像一个，哪里还有工夫和能力去说一些素昧平生的鬼？

若是学学罗两峰，做挂羊头卖狗肉的勾当，说是讲鬼了，而讲出来的还是人，在我是不甘愿的。然而世界上却真有人喜欢这个，言者与听者皆无不然。《阅微草堂笔记》里的鬼更不必说，那非但绝不是鬼（其实我也不知道要怎么样才决然是鬼！），简直更不是人了；就是被称为讲鬼讲得最好的《聊斋志异》，那些鬼，似乎也个个都不是鬼——若不是已经转世投胎的鬼，便是还未死却的人。

而言者和听者双方都承认这是讲得很好的鬼故事，好就好在那些鬼都不是鬼。这情形有一个专门名词，叫做"讽刺"，据说也是属于现实主义范围里的。

我虽然不能说要怎样讲鬼故事才使人觉得这实在讲的是鬼而不是人,但我以为既然要讲鬼故事(最好自然是根本不讲),那至少限度就应该讲得一点也不像是人。但是我知道,倘若真有这样一个伟大的讲鬼故事者,人们非但会忽略了他,甚至会攒殴他的,理由是:谁叫他讲得一点也不像鬼!

这个伟大的讲鬼故事者,不仅在人间会遭逢到不被了解的命运,便是在鬼域中也是如此。让我们先承认真有一个群鬼咻咻的鬼域的存在。若把这伟大的讲鬼故事者的杰作送到鬼域中去,在第一流作家们所主办的杂志上发表,也不见得会有一个鬼读者来捧场的,因为这些鬼们也需要"讽刺",一定要把题目改过,说是讲的是人的故事才行。

呜呼,关于鬼的事情,不亦难言已哉!罗两峰若把他的鬼趣图改题作人趣图,就不会得盛名藉藉如此了。人岂可以有"趣"?有"趣"斯有闲矣。有闲之人,尚且有干罪戾,而况画"有闲之人"之人哉!为罗两峰计,若要把"鬼"字改作"人"字,必须连带地把"趣"字改作"苦"字。因为人是只许有痛苦的,虽然脸上实在显着笑容,并不妨事。再说蒲留仙笔下之鬼,若当时直捷痛快地一概说明是人,他的小说就是"鸳鸯蝴蝶派",因为有饮食男女而无革命也。人有三等,上等人有革命意识而无饮食男女之欲,中等人有革命意识亦有饮食男女之欲,下等人则仅有饮食男女之欲而无革命意识。写上等人的文章叫做社会的现实主义，写中等人的文章叫做革命的浪漫主义，写下等人的文章叫做鸳鸯蝴蝶派。所以蒲留仙如果要把他笔下的鬼一律说明了仍旧是人，必须把这些人派作是上中两等的，才可以庶几免乎不现实不革命之讥，虽然说这些人的革命意识到底还是为了饮食男女，并不妨事。

我的话似乎愈说愈远了。然而实在并不远，还是在这里说鬼话。我承认我的唯一的失败，无论我用什么理由去反对罗两峰和蒲留仙，但在大多数人的心理，前者总是善画鬼的人，后者总是善讲鬼故事的人。而这所谓大多数人的心理，可以分作两派，一派是以对于人的认识去了解罗两峰、蒲留仙所"创造"出来的鬼，以为真像鬼，这就是现实主义的杰作。一派是明知其画鬼和讲鬼，实在是画人和讲人，因为一口咬定了说是"鬼"，觉得够味儿，这就是"讽刺"，这就好！

而我呢，看看画的是人，听听讲的是人，而画者讲者却坚执说是鬼，我不明白。我明知道如果真有鬼，那一定有异于人的眉目精神。而眼前却没有一个真能讲鬼故事的人，来给我讲一些眉目精神迥异于人的鬼的故事。我愿意把这个意见贡献给《论语》鬼故事专号的作者与读者，要谈鬼故事就得找一些真正的鬼来谈谈，若要在讲鬼故事的时候还不能忘情于人，那才腐气得可以！

（选自1936年《论语》九十一期）

德国老教授谈鬼

陈 铨

我在德国克尔大学读书的时候，因为那儿我是唯一的中国学生，我又带了一支破洞箫，所以每到星期末，都有本地的德国人请我到他们家里去饮茶或者待饭。

有一次一位研究比较语言学的老教授，请我去吃晚餐，餐后，老教授上楼去做紧要工作去了，教授夫人也说一声对不起到后边料理家务去了，留下陪我的，是一位十一二岁的男孩子和一位十六七岁的美丽女孩子，男孩子叫弗雷德，女孩子叫玛丽亚。玛丽亚小姐要求我吹了一阵洞箫，她说她很喜欢听。她既然喜欢听，我也不能说我不喜欢吹。吹完了，她又要我讲一个中国的故事，我问她喜欢不喜欢听鬼的故事，玛丽亚小姐高兴得跳起来，弗雷德也登时眉开眼笑。

我正要动首讲的时候，玛丽亚小姐忽然叫我同弗雷德都坐在地板上，她立起身来，走到门口，我还没有问出口，屋子里一霎时就没有亮光了。四周漆黑的,伸手不见掌,有一个温温软软的东西,搭在我的肩上,轻轻地推我一下道:"陈先生,讲吗!"

我们三个人紧紧地挨着坐下,我此时心中似乎有一种莫名其妙的恐怕,所以把他们两人的手,紧紧地握在我的手中。玛丽亚感觉着我的手有点战栗,问我是不是太冷,我说不知道,他们两兄妹又都把手搭在我的肩上。

我开首讲鬼的故事了,讲到可怕的地方,他们两人都害怕得叫起来。我看见他们害怕,我倒变镇静了。我故意把鬼讲得更可怕一点,形容得活灵活现,好像就在屋子里边一样。玛丽亚同弗雷德都紧紧地捉住我,怕我跑了,鬼来了他们没有办法。后来我又讲到一个很可怕的地方,他们两人都一齐大叫起来。教授夫人连忙从后边跑出来问什么事情,老教授也从楼上下来,问有什么事体发生。教授夫人,把电灯扭开,玛丽亚告诉他们我们在讲鬼的故事,他们两人都笑得了不得,同时也都感觉着兴趣,老教授的紧要工作也不做了,教授夫人的家务也不料理了,大家都坐下来听我讲鬼的故事,因为他们二人没有听见头一段,所以我又重新讲起,足足讲了一点钟才讲完。

老教授听完了,把我大大地称赞一番,说我的故事很有趣,并且说我的德国话讲得好。接着他把长胡子拭了一拭,大发起议论来。

"关于鬼的故事,德国也很多的。如果你到南方瓦尔堡去参观，你可以看见马丁·路德翻译《圣经》的屋子。相传他翻译《圣经》的时候，许多鬼老来同他捣乱，有一次他气坏了，把桌上的蓝墨水瓶擎起来向鬼劈面扔去，鬼逃了，蓝墨水瓶在墙上打碎，把墙壁染了蓝墨水的痕迹，现在游人还看得见呢！守堡的人告诉我，许多美国人到这里来参观，总喜欢挖墙上的土，拿回去作纪念，结果墙壁年年要修理，但是刚修好不久，他们又挖了一个大坑！

"陈先生，你是专门研究文学的人，你当然知道浮士德的故事，在德国十六世纪的前半，已经知名了。相传浮士德是一个能够号召鬼魂的人，他到处游历，骗取人民的钱财。大家都说他随身有许多鬼，服从他的命令，这些鬼平常的人看不见，但是浮士德却能够看得见。到一五四〇年，浮士德忽然暴病死了，一般人民都说浮士德用的鬼，到了时候，把浮士德活捉去了的；因为浮士德曾经同鬼定下了条约，鬼帮助他多少年，但是到了时候，浮士德的魂魄却要去做鬼的奴隶。这个故事后来有人写成书，书中把浮士德的地位提高一点，说浮士德世界上什么学问都知道了，但是他自己还不满足，所以去同魔鬼定条约。魔鬼要帮他廿四年的忙，但是到了时候，浮士德的魂魄必须隶属于魔鬼。

"这一个浮士德民间的故事，不久就传到英国去了。英国的大戏剧家马罗把他写成一部伟大的戏剧。因为浮士德这一种无限制求知的饥渴、进取的精神，同马罗所处的伊利莎白时代，很相吻合，所以马罗借浮士德把伊利莎白的时代精神，充分地表现出来。

"到十六世纪末叶十七世纪初年，英国有一群戏班子到德国来演戏，把马罗的《浮士德》又带到德国来。但是德国一般的群众，不能了解欣赏马罗《浮士德》高深的意义、美丽的诗词，——没有任何国家的群众能够了解欣赏高尚优美的东西——德国民众所能够欣赏的，只是《浮士德》里面的魔鬼。英国戏子因为要迎合一般德国观众的心理，所以把魔鬼特别注重，扮相布景动作，都极力把魔鬼弄得很热闹，现在我们看当时遗留下来的广告，就可以知道魔鬼是唯一号召观众的东西。

"后来英国戏子走了，德国人自己也编了一些浮士德平民剧本出来。由平民剧本，再进而为傀儡戏的剧本。歌德小的时候，就是因为看见浮士德的傀儡戏，所以种下了他后来编他伟大诗剧《浮士德》的动机。但是歌德《浮士德》中间的魔鬼，同《浮士德》故事，《浮士德》平民戏剧，《浮士德》傀儡剧，以及马罗的《浮士德》，中间的魔鬼有什么区别呢？"

老教授忽然把这一个问题来问玛丽亚，玛丽亚一时答应不出来，老教授笑道："你看，你们这些中学生，中学快毕业了，这点还不知道呢！"

"我知道了！"玛丽亚忽然道，"我知道歌德《浮士德》的魔鬼，和其它《浮士德》的魔鬼根本不同的地方了，歌德以前人写的魔鬼是坏的，歌德自己写的魔鬼却是好的。"

"为什么是好的呢?"

"因为魔鬼就是歌德自己,前天学校先生才这样告诉我们的!"

"为什么是歌德自己呢?为什么是歌德自己就是好的呢?"

"这我可不知道了。"

"我知道!"弗雷德连忙说。

"你知道什么?我都不知道你还知道吗?"玛丽亚生气道。

"我知道!我知道!"弗雷德道。

"嘻!"玛丽亚把嘴一努。

"让他讲好了。"教授夫人道,"弗雷德,你知道什么呢?"

"歌德是德国顶伟大的诗人,歌德当然是好的,他的魔鬼当然也是好的。"

"哈哈!"玛丽亚得意笑道,"这就是你知道的吗?好聪明!"

"没有你聪明!你顶聪明了!"

"玛丽亚!"这是老教授的声音。

"弗雷德!"这是教授夫人的声音。

玛丽亚同弗雷德两人都不讲话了。老教授又继续讲道:

"刚才玛丽亚说歌德《浮士德》中的魔鬼就是歌德自己,这句话是对的,但是只对了一半,因为我们应该说,是歌德自己的一部分。因为歌德个人的性格有两方面:一方面是刚强的,另一方面是柔弱的;一方面是光明磊落的,另一方面却是黑暗可怕的；一方面是积极建筑的，另一方面却是消极摧毁的。这两种不同的性格，可以说一正一反的性格，我们往往看他的作品中间，同时表现出来。歌德的《浮士德》中间的魔鬼，是歌德反方面性格的表现，同时也就是宇宙间否定力量的表现。所以歌德的魔鬼，同以前其它《浮士德》中间的魔鬼都不相同。"

"这当然是一种很有趣味的见解，"我加入道，"但是在歌德还没有写《浮士德》以前，德国最有见识的批评家雷兴已经注意到浮士德戏剧的可能性，而且想自己写一本《浮士德》了。我不知道如果雷兴写《浮士德》，他对于鬼的问题，又怎么样解决？"

"雷兴在他的《汉堡剧评》第一部里边曾经讨论鬼魂的问题，在那里他比较莎士比亚和福禄特尔两人戏剧中间鬼的成分。雷兴以为就在用鬼魂的地方，两人艺术手腕的高下，就可以很清楚地看出来了。雷兴以为虽然在光明运动的时代，大家不相信鬼魂，然而这一点不能拘束戏剧家，使他不把鬼魂领在剧台出现。——玛丽亚，你上楼去把雷兴《汉堡剧评》给我拿来。"

玛丽亚一转身跑上楼去，一会儿，把书拿来，老教授念道：

"我们每人心中，都藏得有相信鬼魂的种子，在戏剧家为某一些人写的戏剧，他们有这样种子更是极平常不过的事情。这完全看他的艺术本事怎么样，能不能够使这些种子发芽。他只消用几个手法，很迅速地给大家不能不把剧中情节当成真实的理由。只要他有这个本事，我们在日常生活里也许可以相信我们自己愿意相信的事情,但是在剧场里我们却不能不相信他愿意教我们相信的事情。莎士比亚就是这样一个戏剧家,莎士比亚差不多就是这样独一无二的戏剧家。在《哈孟雷特》的鬼魂面前,不管我们的头发盖着相信鬼不相信鬼的脑袋也一样地要根根竖立。福禄特尔先生想去应用这样的鬼魂却闹糟了,他把自己同他的宁禄士鬼魂都弄得可笑。莎士比亚的鬼魂是真正地从阴间来的,至少我们是这样觉得。因为他来在紧张的时间,在恐怖的静夜,有一切相关的联想,我们所有的人,从老妈子起,没有一个不在等望鬼魂出现。但是福禄特尔的鬼魂,拿来作骇小孩子的玩意都不够;他不过是一个化妆的戏子,没有什么,不说什么,不做什么在他那种地位他也许应该有的表示。他出现时的一切情形,没有一样不扰乱剧台的幻象,表露出一个冷静作家的构想,他很想迷幻我们,恐怖我们,但是他不知道他应当怎么办。我们只消想这一点:在青天白日的时候,全国上下正在会议,一声雷响,从坟里走出一位福禄特尔式的鬼魂来。——"

老教授读到这里,我们大家都忍不住笑了。老教授看见我们笑,他也好笑,得意地再往下读:

"福禄特尔曾经在哪儿听说过,鬼魂是这样地大胆?哪一个乡村老妪不能够告诉他鬼魂怕阳光,不喜欢赴阳气太盛的集会呢?福禄特尔当然知道,不过他太害怕、太讨厌去利用这样的情况。他很想现一个鬼魂给我们看,但是这一个鬼魂,品格一定要高尚一点，也就是这一点高尚的品格，把一切都摧残消灭。这一个除掉了鬼魂习惯上一切的东西的鬼魂，我们觉得他不成其为正当的鬼魂。凡是幻想不需要的东西，都扰乱了我们的幻想。如果福禄特尔曾经在哑剧上稍为留意，他也可以从另一方面觉得，教一个鬼魂在人群里出现，是不聪明的办法。所有的人，一看见鬼魂，一定要表示惊恐，而且如果我们不要他像跳舞那样同样动作，一定要他们作种种不同的表示。在莎士比亚，鬼魂只让哈孟雷特一个人挨近他。在他母亲在场那一出，他母亲却不闻不见。我们一切观察，都集中在哈孟雷特一人身上。我们越是在他精神上发现恐怖扰乱的情况，我们越是容易相信恐怖扰乱他精神的现象，把它认为哈孟雷特自己认为的东西。鬼魂对我们发生的影响，大部分由于哈孟雷特，而不由于鬼魂自己。"

"从雷兴这一篇精警的议论看起来，"我说道，"文学里边应不应当用鬼，同科学发达、大家相信不相信鬼，完全没有关系。因为艺术的世界是另外一个世界，同现实的世界不一样的。我们走进了艺术世界，在那一个顷刻，就不能不承认艺术世界里面一切的事情。也就是因为这一个关系，艺术才能够引我们到超脱的世界，到无欲的世界。近代许多头脑简单的文学批评家，反对文学里边用鬼的成分，说是不真实，甚至于说恐怕引起迷信，真是幼稚得可笑。至于他们甚至于拿这一种观点来批评文学，甚至于骂莎士比亚迷信，那更笨得无法医治了！"

"雷兴何尝相信鬼，"老教授道，"但是雷兴却看出鬼在文学里边的重要。即如我们刚才谈到《浮士德》的问题，雷兴在他的《文学通讯》第十六封信里边，已经引了一段民间《浮士德》剧本的一段，这一段就是讲浮士德用魔术召鬼的一段。浮士德召来了七个鬼，想在七个鬼里边找一个顶快的。他问他们哪一个最快，七个鬼魂都同声答应："我最快！"浮士德说："你们七个鬼里边就有六个讲谎话的！"他一个一个地问，问他有多么快。第一个刚要回答，浮士德把指头从火上跑过，指头却没有烧着，他问第一鬼能不能够在地狱中的火里跑七次，可以不烧着，第一个鬼不敢答应。他又问其余的鬼，第二个鬼说他有疫神的箭那样快，第三个说他有风那样快，第四个说他有光线那样快，第五个说他有思想那样快，第六个说他有复仇者复仇那样快，浮士德都不满意，都说不够快。到后来还是第七个鬼说，他有从善变到恶那样快，浮士德才高兴，说世界上没有比从善变到恶更快的东西，因为他自己曾经经验过！"

"除掉歌德雷兴以外，"教授夫人道，"席勒不是也作得有一个很长的关于一位能够见鬼的人的故事吗？"

"但是席勒那一个故事，"老教授道，"主要的目的，还是在证明欺骗。德国文学里边谈鬼最奇妙的，恐怕还是要算霍夫曼。因为他对于世界的真实性，始终不能感觉，一切都是虚幻，一切都是杳茫，他的世界观很有点像你前次告诉的那位中国哲学家的世界观一样。这一位中国哲学家梦着自己变作蝴蝶，醒来的时候,不知是他自己本来是蝴蝶,梦着他是哲学家呢,还是他自己本来是哲学家,梦着他变作蝴蝶?世界人生的真实性,既然这样难得捉摸,所以霍夫曼的故事也都这样荒诞自由。"

"世界人生的真实性,实在是很难抓住的,"我说道,"我们越是要求真实,真实越是杳茫。世界上的事情,你不细想,还觉得没有什么,你一细想,多少以为有把握的事情,立刻就都没有把握了。最好笑的就是前不久在哲学班,迈尔教授讲到存在问题,讲得太好了,讲完以后,有一位学生去问他:'教授先生!到底我存在不存在?'——"

说到这里,大家都笑了。

"你说到这一个学生,"教授夫人道,"我联想起另外一个女学生。她也是学哲学的,长得非常漂亮,我生平很少看见过那样漂亮的女人。她学了一年哲学,就疯狂了,进医院还不到一星期就死了。这还是四年前的事情。她死以后,刚半年,有一位男学生一天傍晚到植物园去散步,忽然看见一位女子,来同他招呼。她看见他手里有一本书,问是什么书,这一位学生说是柏拉图,于是这一个女子就同他讨论柏拉图的哲学,两人越谈越投机,竟自谈到深夜才分别。到分别的时候,这一位男学生,问她的姓名住址,预备以后再去拜访她,她告诉他了。两人分别握手的时候,这位男学生感觉着这位女子的手像冰一样的冷,心里有点吃惊,但是想到夜深露坐,也不觉得奇怪。第三天他找到这位女子的家里,她父母告诉他,这位女孩子半年前已经死了。这一位男学生大惊失色，把那晚的事体，告诉她的父母，并且告诉他们，这位女子的装束举止、声音笑貌，她父母说一点也不错。这位男学生回宿舍以后，越想越怕，尤其是想到那冷冷的手，不觉毛骨悚然，这样，不到半年，他也死了。从前植物园，昼夜不闭，现在七点钟就关门，就是这个缘故。"

我们谈话到这里的时候，我看钟，已经十一点半了，我连忙起身告辞。当我出门的时候，教授夫人笑对我说："你过植物园的时候，要小心，也许那一位聪明美貌的女学生，会来同你谈哲学！"玛丽亚笑说道："陈先生，你怕不怕？要怕我同弗雷德送你！"

我心里虽然有点怕，很想玛丽亚送我，但是夜已经那样深，我怎么好意思麻烦她，所以只好道谢了。

回家时走植物园经过，我的整个心都紧了。一阵风吹来，树枝乱摇，叶子飒飒地响，我骇了一大跳，扯伸腿就跑。足足跑了五分钟，远过了植物园，我才把脚步放松，快步走回家去。

开门，上楼，进房，开灯，全世界寂静得要死，我忽然感觉无限孤独，那个时候，我同我的女朋友已经绝交了。我痛恨我自己，刚才我为什么要跑呢？还不如留在那里同那一位已死的女学生谈一晚的哲学呢。

倒在床上，翻来覆去，一直到天明，还没有半点睡意，不但没有人来，连鬼都没有一个来陪伴我。

第二天晚上十二点，我故意跑到植物园门口来回走了半个多钟头，依然一无所遇，第三天晚上我再去，也没有消息，正要动身回去了，忽然对面走来一位女郎，我想大概是女哲学家吧。

我壮起胆子走上前去，仔细一看，原来是玛丽亚！

玛丽亚告诉我，她刚才在戏园里，看完瓦格勒的《巴西法》歌舞剧回来。我看见她一个人走，就要求了送她回家的差事。我们一路谈谈笑笑，可惜不久，就到门口了。

分别时玛丽亚同我握手，她的手却不像冰一样的冷，是温温软软的。

（选自1936年《论语》半月刊第91期）

说鬼

林 庚

小时候知道怕鬼起就一直很喜欢听鬼的故事,这滑稽的情形后来知道别人与我一样。及年岁渐长,感于人世的无常,倒很愿意真的有鬼,可惜生平所听虽多,终未能见,西洋科学昌明,以为一定没有鬼了,谁知不然,这倒与我以无限的安慰,仿佛此生这一点希望还大可有为似的。

起初读《楚辞·山鬼篇》,觉得若果有那样一个鬼实在真也可爱,后见《宋书·乐志》曰:"晋孝武太元中,琅琊王轲之家,有鬼歌《子夜》,殷充为豫章,豫章侨人庚僧虔家亦有鬼歌《子夜》。"而《唐书·乐志》乃曰:"《子夜歌》者,晋曲也。晋有女子名子夜,造此声,声过哀苦。"于是鬼不但可爱而且很可怜了。觉得鬼不可亲近实在绝无理由,看《西游记》时,对于孙猴子的降妖除怪甚觉有趣,但到"荆棘岭三藏谈诗"一段,实觉得这四众所做的事有点不大对。那几棵风雅的老柏丹枫，不过弄促狭地在月白风清之下，拉了三藏来谈一夜，实在都无该死之罪。就是那棵杏树，也正是山鬼中一流的人物；荒山之中，有如此点缀，何等情致！用猪八戒的嘴把它拱掉了，总觉得十分可惜。还有一种叫做木客的东西，不但不害人，还能保护行旅不为虎豹所伤，这在交通不便的古代乃是不可缺少的向导了。有些旧鞋、破鼓、夜壶、茶碗等都会变鬼，并不怎样太凶，只是喜欢吓唬人，例如有时从窗户纸外伸进一条尺长血淋淋的红舌头来，但往往被人用朱砂笔在上面写一个"大"字便捉住了，觉得非常之滑稽有趣。而且一切有生无生之物都可以跑来同人玩，说起来亦是人间一件美事也。《子不语》《聊斋》中说鬼处甚多，但并不可怕，因为那些鬼仿佛都很正直讲理。这点在人间便得不到，阎王爷铁面无私所致欤，还是凡鬼本都如此？则不得而知了。

对于鬼字向来人多有好感，如称李贺曰"鬼才"明明便是激赏之语，摸一个小孩的头而说"这孩子鬼精灵"，盖即说他聪明也。虽然谚语中有"阎王好见，小鬼难缠"的话，语气之间究竟还是小事一端，而且此话是以人间想象阴司，小鬼或终于不免含冤地下欤？只有称西洋人曰"洋鬼子"那确有点不甚高明，盖"洋鬼子"，在言外即有"敬鬼神而远之"的暗示，虽然明明称之曰鬼，其实是不敢惹他。岂阳气不盛之所致欤？谈民族文学者应注意及之。

鬼的定义其实很难下，不过如果将山精海怪一类非人东西都除外，则鬼者魂也，原来就是人的灵魂。世界上有没有鬼到如今颇难断定，但有些人没有灵魂则颇可以知之；想到这里，我反觉得人的面孔是有些可怕了。

六月九日，午刻，北平风雨诗社

（选自1936年《论语》半月刊第91期）

鬼故事

邵洵美

天下事也真奇怪，一方面文明国家的政府在禁止人民迷信，而另一方面科学最发达的国家却有许多学者在研究灵魂学，并创有鬼之说。本来鬼之有无，目前虽然还无从证实，但是生死的神秘，始终是最易引起人类兴趣的问题。每一个人家都有他家传的鬼故事，无论是如何意志坚强的人，在某种情景之下，他也免不掉有使他毛骨悚然的念头。"子不语怪、力、乱、神。"但是在《春秋》里，鬼出现的记载也不少。《聊斋志异》在我国文学史中占不朽之地位，有一个时代，它竟成为我国短篇小说典型的体裁。人死则为鬼，凡是人都有做鬼的希望：对于生路绝望的人，这是一个解决；对于衣食饱暖的人，这是一个恐怖。古今中外不知有多少伟大的文学作品是采用这个题材的。即说它是一切艺术诞生的动力，也不能说是过于夸张的议论。

没有一个有文学作品的国家，不有多少篇关于鬼的故事。

鬼故事在文学上的价值如何，我不说，但它感人之深，却是谁也不能否认的事实。欧美许多通俗小说，冒险、侦探、鬼怪，是三种取用不竭的题材；它们的功效，在能直接刺激人的情感，所以行销几十万本的往往是这一类的作品。

我国不知从什么时候起，鬼故事便不再被文人采用了。在通俗作品上说，武侠小说在近几年来还风行，黑幕小说也有过它黄金的成功，而纯粹以鬼来做题材的，简直可以说没有。这个好像和当局的破除迷信的政绩是有关系的，但是黑魆魆的影子，几曾离开过一般人的眼帘？我当然并不想提倡迷信，不过因为最近常和朋友讨论我国通俗小说的种种问题，同时又因为最近世界文学及电影的潮流，有许多鬼怪的倾向，所以想在这里把自己对这方面的兴趣谈谈。

这种兴趣的成形，我须得回想到当我七八岁的时候。我有一位堂房叔叔，他真是个埋没的天才，我们更可以说是一个被科举制度所牺牲的天才。他十一二岁便已写得一手好字，作得一手好文章，十五岁便考中了秀才，一心想做状元，谁知此后竟屡试屡败，到后来他的长辈和他自己都灰心了，但是功名的野心却永远在他身上种了根。好像他在二十岁左右还发过一时期的官痴，每天早晨总要拿一张桌子放在中厅，自己坐在上面椅子里，模仿着审问罪犯的样子，自言自语，拍桌拍凳。后来革命起义，他从家乡来上海，住在我们家里，那时他已三十多岁了。他住在后天井的东厢房里，一天到晚读着小说笔记，或是画些钟馗之类的图像。吃过夜饭,我们总去找他;在绿幽幽的煤气灯下,他用了高低迟速的口吻,讲到我们眼睛虽然疲倦也还不敢闭拢的,是奇妙曲折的鬼怪故事。在当时我们一群小孩子的心里,这位长辈真有着鬼使神差的法术,原来他的梦想也正是因为人世的功名无望,而在希求死了以后补任森罗天子的缺职。他现在也许已在什么地方做了城隍,查对着恩怨簿,把刑罚加上一般他在阳间所痛恨的人们哩。

他每次讲到一种鬼,开始总有一长篇关于面貌、服装及性格的形容:使一个个都好像活现在我们面前,这便是他的天才!不但是我们一群小孩,即连带领我们的女佣人,也都听得身体不敢侧动,等到故事讲完,他们站了起来,拉紧了我们的手,一路故意高声笑谈,使空气变得热闹些,再加紧了脚步,呼拥地奔到前天井的楼上。睡觉的时候,谁也不敢熄灯,也不敢再提起方才所听到的一切,关紧了房门,去到梦里出汗。

后来我自己也会看书了,《聊斋志异》便成了我早晚的伴侣。引我入胜处当然除了鬼以外还有辛十四娘等的温柔,但是在这本书里我却找见了那位叔叔所讲的故事的骨干,他是用了多少的苦心和才力使他们变得更生动更入情人理。我于是也学会了讲故事的方法,怎样地用了手势去绘染鬼怪的脸具,怎样地留心了听众的表情去加重或是收小自己的声调。我的讲鬼的艺术便也大进。

文明书局的《笔记小说大观》出版,我更是每天手不释卷。

这些东西，或则以文笔胜，或则以说理胜，总不及《聊斋》的有声有色。后来识了英文，便读外国的鬼故事。从鬼故事又对侦探及侠义小说发生了兴趣。三年前住在巨籁达路的时候，因为和增嘏兄妹的居处极近，几乎每天互相交换这种神怪故事，时常谈到天亮。

襟兄李国芝，自备播音机械，曾经有一个时期，请一位徐先生每夜讲鬼，我听过几次，可惜徐先生很少新的创作，听多了便会感到枯燥。但是李徐两先生不能不算是目前公开对鬼故事产生浓厚兴趣的两个人。

因为这样，所以我对近人小说里有谈鬼的，总希望能注意得到。郭沫若先生的自传里曾谈起过鬼，但是他讲完了以后使用科学的方法去解释那完全是潜意识作用。巴金先生最近出版了一本《神鬼人》，我立刻去买来读了，谁知他讲的并不是鬼。

我觉得目前的许多新小说，讲人也应当讲厌了，况且讲人也太难。那么，为什么不讲些鬼呢？我觉得讲鬼故事有五样可以取巧的地方，称之曰"五易"。

（一）易写　正像画鬼比画人容易一样，谈鬼也比谈人容易。究竟没有一个人真的见过鬼，即有，也无非是些活鬼：有鬼的容貌，而无鬼的气节；有鬼的虚空，而无鬼的清灵；有鬼的行为，而无鬼的道德。所以谈起真鬼来便格外容易，你可以凭空虚构，但是也不妨把这些活鬼来做模型：材料绝不会贫乏，故事绝不会平凡。特别是对白，你尽可以多讲鬼话，一定能得到不少人的欢心；而且即使讲错了些也没多大关系，因为既是鬼话，那么，犯起法来便是犯的鬼法，阎罗王不来寻着你，阳间的官吏是有管辖的限制不能受理的。

（二）易懂　事非切身经历，终难彻底了解。这句当然不是说人有做鬼的经验。我的意思是我们中国人，大半自小都听到过鬼故事，所以讲来绝不会像一般新偶像的名词那样陌生刺耳。况且凡是人大半怕死，怕死便是怕做鬼；越是怕，便越是留意；正像自己做了亏心事，便处处防备人家的说话举止，听来又似乎都是在指摘自己，触目惊心。因此讲起鬼故事来，人家非特容易懂，并且还会代你添油加醋、润字饰句呢。

（三）易得同情　周作人先生在《大公报》文艺副刊上发表过一篇短文叫做《说畏天悯人》，大概说中国文章里常多报应之说，原因是受得委屈，无从报复，便只有希望他们死了以后受最后的审判了。鬼故事的有趣与易得同情处亦在此。在鬼故事里面，我们可以使一般在阳间作恶而漏法网的，到阴间去受刑罚；我们的世界里，不平事实在太多了；但是尽管他们如何声势显赫，到头来总免不掉有一天要做鬼，这时候我们便有了发泄的机会了。被压迫者究竟多，痛快处，哪个不拍手叫好？当然也有一般文人，利用鬼故事，来发泄心头之恨的，譬如意大利的诗人但丁在他的杰作《神曲》里，便把一切所痛恶的人完全送进地狱里去吃苦。他所痛恶的人，也正是大众所痛恨的人，所以这部作品的不朽除了文笔以外，恐怕也得力于此不少。

（四）易成功　一篇作品是否受人赏识，与时间、环境极有关系。茅盾的得名是因为他在人家都不写长篇小说的时候写了《蚀》；《论语》半月刊的销行是因为当时人要说话，而说话不便，于是面装笑容、泪向心底流的风气大盛；《勃克夫人》的成功是因为她在全世界注意中国之际，采用中国题材来写了许多小说。英雄虽亦造时势，但时势造英雄的例子究竟多。鬼故事容易成功便在此地，因为无论什么时间什么环境总有鬼空气散布着，哪怕是热闹的戏院、拥挤的舞厅，你也会阴森森听见鬼叫。街头巷尾也莫不等待着有许多爱听鬼话的人。有了这种常备的便利，还怕不受欢迎吗？

（五）易记　我常说，小说的第一个条件是要有故事。因为每个人看完一本小说的时候，能永久留在他心里的是故事。你可以重复地转讲给人家听，一传十，十传百，这故事便从此不朽。新小说大半是一篇没头没脑的散文，我不懂他们为什么偏要呼它作"小说"。讲起鬼来，你便一定有一个"故事"，所以鬼故事容易记。我们在茶余酒后时常听人说"我亲眼看见……"，其实他无非是把人家的鬼故事记在心里，现在拿出来变卖罢了。

有了以上这五个条件，鬼故事因此永远在人类里占着特殊的地位。它的形成，几乎可以说完全凭着直觉、观察和理想。但是一切艺术的成形，又何非凭着直觉、观察和理想？

（选自1936年《论语》半月刊第91期）

略谈莎士比亚作品里的鬼

梁实秋

莎士比亚作品里关于灵异的（Supernatural）描写是很多的，鬼是其中之一。所谓鬼，是专指人死了而变成的那种精灵。至于 Fairies，Nymphs，devils，Witches 等等，不在我们的讨论范围之内。

谈鬼是一件很普通的习惯，有趣味，有刺激，不得罪人，不至触犯忌讳，不受常识的约束，——比谈旁的都方便。《冬天的故事》第二幕第一景有这样的一段：

  玛　在冬天最好是讲悲惨的故事：我有一个讲鬼魔的故事。

  赫　好，我们就听这个。来，坐下；说吧，你尽力谈鬼来吓我吧，你是很会的。

  玛　有一个人——

  赫　不，来坐下，这再说。

玛　　他住在坟地附近……

这也许是一段写实的描写。冬日围炉取暖的时候，不正是谈鬼的绝好机会吗？

莎士比亚的时代，是各种迷信流行的时代。哲姆斯一世便是著名的笃信神鬼的国王，他于一五九七年刊行他所作的《妖怪学》(Daemonologie)。他可以因巫术而兴大狱，杀戮以千百计，只这一件事就可以反映这时代是如何的愚暗。莎士比亚时代的戏剧常常包涵鬼怪之类，此种风气可以说是从奇得的《西班牙之悲剧》以后便非常流行的。舞台的场面上，往往有神鬼出没的机关。大概鬼出来是从舞台地板上的一个洞里钻出来，表示他是从地下来的意思。一般的观众是迷信的，相信鬼的存在，至少是以为鬼是有趣。

《哈姆雷特》一剧告诉我们许多关于鬼的事。鬼平常是不出来的，除非他是有什么冤抑。他出来的时候，总穿着生时的服装，并且总在夜里，等到天亮鸡叫就要匆匆地消逝（这和我们的《聊斋》说鬼大致仿佛）。鬼不轻易启齿，须要生人先向他开口。平常和鬼交接谈话（cross）是很危险的，容易被鬼气所殛（blasted）。要想被除鬼怪之类，须要用拉丁文说话。鬼是怯懦的，喧哗的人众可以把鬼形冲散（武松惊散了大郎的阴魂，大概即是同一道理）。鬼有时不令别人看见，只令被他所愿意能看见他的人看见。鬼并不积极地害人。中国鬼故事里，颇有些恶厉的鬼，啖人肉，吮人血，甚至还有"拉替身"之说，莎士比亚作品里的鬼比较起来是文明多了，可也没有我们中国文学中的鬼那么怪诞离奇。

莎士比亚作品中的鬼也有可怕些的。譬如，《凯撒大将》第四幕第三景，凯撒的鬼出现的时候，布鲁特斯说：

> 这灯光何等的惨淡！哈！谁来了？
> 我想是我的眼睛有了毛病
> 幻铸成这样怪异的鬼形。
> 他向我来了。……

《李查三世》第五幕第三景，群鬼在李查王梦中出现之后，李查王也说：

> 慈悲，耶稣！且慢！我做梦了。
> 啊，怯懦的心，你使我何等苦痛！
> 灯火冒着青光。正是死沉的午夜。
> 抖颤的肉上发出恐惧的冷汗。

这情景都有些可怕。固然有亏心事的人格外觉得鬼可怕，但是鬼出现的时候，灯光变色，也自有一种阴惨怕人的暗示。《马克白》里的班珂的鬼在宴会席间出现的样子，摇着血渍的头发，使得马克白神经错乱，若应用近代舞台的技术以投影法表演出来，无疑的是很惊人的景象。

莎士比亚信鬼吗？我们却很难说。从表面上看，莎士比亚在作品里常常描写到鬼，穿插鬼的故事，颇使我们疑心莎士比亚也许并未超出那时代的迷信。但是我们若更深一步考查，也可以发现莎士比亚作品中的鬼完全是一种"戏剧的工具"。鬼，在莎士比亚剧中，永远不是剧中的主要部分，永远是使剧情更加明显的方法，永远是使观众愈加明了剧情的手段。鬼的出现，总是有因的。或是因了冤抑而要求报复，或是因了生前有藏锱在地而出来呵护，或是因了将有不祥之事而预做朕兆。所以把鬼穿插到作品里去，是一种艺术安排，不一定证明作者迷信。当然，莎士比亚若生于现代，他就许不写这些鬼事了。

鬼，实在是弱者的心里所造出来的。王充《论衡》所谓："凡天地之间有鬼，非人死精神为之也，皆人思念存想之所致也，……人病则忧惧，忧惧见鬼出。……畏惧则存想，存想则目虚见。"莎士比亚似乎也明白这一点道理。在《马克白》里，马克白夫人一再地代表着健全的常识，点破她的丈夫的"忧惧见鬼出"的虚幻心理。马克白所见的空中短刀，是恐惧的"描画"，他所见的鬼也是如此。《鲁克里斯的被奸》第四百六十行是最有意义的："这些幻影都是弱者头脑的伪造。"

（选自1936年《论语》半月刊第92期）

神·鬼·人
——戏场偶拾

柯 灵

· 关于土地

土谷祠，在浙东的农村里，是一种权威的殿堂，它几乎支配着绝大多数"愚夫愚妇"的心灵。按时烧香，逢节顶礼，谨愿者一生受着凌虐，不但毫无怨尤，并且往往退而自谴，以为倘不是无意中曾获罪戾，必定是前世作孽的报应，还得在土地神前献出点点滴滴的血汗钱，去捐造门槛，购买琉璃灯油，表示虔心忏悔，以免除死后的灾难，因为这正是人们死后所必经的第一关。根据传说，无常拘了人们的灵魂，首先就得到土谷祠去受鞠的。所以我们乡间的风俗，病人一断气，家属就得哭哭啼啼地到土谷祠里"烧庙头纸"，其实是代死人打招呼。——"烧庙头纸"的大抵是"孝子"，而"孝子"云者，又并非"二十四孝"中人物，不过是死者的儿子的通称，不知怎么，老子或老娘一死，儿子就被通称为"孝子"了。

民间的疫疠，田产的丰歉，据说也全在土地神的权限之内。游魂入境，须先向土地注册；老虎吃人，也得先请求批准。这一位"里庙之神"，照职位看来，大约是冥府的地方长官之类吧；然而他不但执掌阴间的政情，还兼理阳世的人事，其受人敬畏，实在也无怪其然。

关于土地的法相，我小时候曾在故乡的土谷祠里瞻仰过，峨冠博带，面如满月，庄严而慈祥，真像一位公正廉明的老爷。旁边坐着的土地娘娘，也是凤冠霞帔，功架十足。然而奇怪，一上舞台，他们却完全走了样。

在绍兴戏——并非目前上海的"越剧"，而是在当地称为"乱弹班"的一种戏剧里，观众所看见的土地，就完全是另一种面目。黄色的长袍和头巾，额前挂着扁扁的假面具，一手拐杖，一手麈尾，一部毫不漂亮的花白胡子。更奇怪的是鼻子上涂着白粉，完全跟小丑一样，猥琐而可笑，跟庙里塑着的，不可以道里计。（在京戏里所见的，仿佛也是这样。）而扮土地的演员，也大抵在生旦净丑以外，是连名称也没有的"大橹班长"之流。——绍兴的乱弹班，每班都用一只夜航船一样的大船，载着全班演员和道具，漫游于村镇之间，演戏前泛舟而来，演完戏放棹而去。船夫两名，掌橹兼司烧饭，开锣以后，还得上台帮忙，扮些无关重要的角色。尊为"班长"，意存讽刺，正如"纸糊的花冠"之类，乡下人有时是也极懂绅士的幽默的。

那地位的低落，也简直出人意表。据我的记忆，舞台上以土地为主角或要角的戏，似乎半出也没有。大抵是神道下凡、贵人登场的时候，这"大橹班长"所扮的"里社之神"，这才以极不重要的配角身份出现。三句不离本行，开头的引子，就是"风调雨顺平安乐，家家户户保康宁"。冠冕堂皇，正如要人们下车伊始所发表的宣言。但所做的事，又大抵并不如此。只要是略有来历的神道，对于土地，仿佛都有任意呼召的权利，望空喊一句"土地哪里？"他就会应声而至，驱遣使唤，无不如命，而办的往往只是一些小差，如驱逐小鬼、看管犯人之类。好像是在《宝莲灯》里的吧？神仙自然是极其干净的，这戏里却有一位圣母娘娘未能免俗，跟凡人发生了恋爱，还怀了孕；结果却终于被她的令兄二郎神所膺惩，关在山洞里受苦，石子充饥，山泉解渴，不许再见天日，以肃"仙纪"。当二郎神载歌载舞地宣布着这判决的时候，土地就在旁边唯唯诺诺地答应。这一回他不再管"风调雨顺"，只好做监狱里的牢头了。神仙毕竟比凡人聪明，类似以防空壕代集中营的办法，他们是早已发明了的。

遇见一些落魄贵胄、失路王孙——自然以将来就要飞黄腾达的为限，土地就摇身一变而为保镖，跟在后面，使他们"逢凶化吉，遇难成祥"。有时他们蒙了冤屈，当庭受审，要打屁股了，土地还得撅臀以承，被打得四面乱跳乱叫；而被打屁股的本人,则因为自己毫无被打的感觉,又不知道冥冥中还有土地在代受苦刑,瞪起眼睛,弄得莫名其妙。

看到这里,台下的看客们禁不住笑了,笑的是土地的狼狈。

这也实在是令人"忍俊不禁"。——托权贵之荫余,仰强梁之鼻息,唯唯诺诺,志在苟全,剥脱了尊严和威势,表现在戏剧里,他不过是冥府的狗才!

但在戏台以外,乡下人对于土地,却仍旧十分尊敬,供在庙堂,像尊敬所有的神明一样。我想,这大概是因为乡下人知道土地虽然渺小,对于老百姓,却依然居高临下,操着生杀予夺之权的缘故。

· 关于女吊

鲁迅先生曾经介绍绍兴戏里所表现的女吊——翻成白话,也就是"女性的吊死鬼"。他以钢铁似的笔触,勾勒出壮美的画面,以为这是"一个带复仇性的,比别的一切鬼魂更美,更强的鬼魂"。

这自然是独到而精确的见解。《女吊》的写作,又正当杌陧之年,针对着"吸血吃肉或其帮闲们"的死之说教,有如闪电划过暗空,朗然提供这么个勇于复仇的鲜明的形象,作者的深心,我们更不难了解。但提到女吊,要说单纯的印象,就我从小看戏的经验,那么她的峭拔凌厉,实在更动人心魄。

最刺目的，几乎可以说是对于视觉的突击的，是女吊的色彩。如果用绘画，那么全体构成的颜色只有三种——大红、黑和白，作着强烈的反射。红衫、白裙、黑背心，蓬松的披发，僵白的脸，黑眼、朱唇、眼梢口角和鼻孔，都挂着鲜红的血痕。这跟上海有些女性的摩登打扮，虽然可以找出许多共通点来——至少是情调的近似，可是，说句实话，那样子实在不大高明，要使人失却欣赏的勇气的。

《目连》是鬼戏，所以可以看到在别的剧戏里所没有的男吊；女吊出场，也有特别紧张的排场和气氛。但在普通的绍兴戏里，她也是一位跟观众极熟的常客，动作唱词都差不多，就是唱词没有帮腔，不佐以喇叭声，情形就松弛得多。——那是一种很奇特的喇叭，颈子细长，吹奏起来，悲凉而激越，乡下人都叫做"目连嘻头"，似乎是专门号召鬼物的音乐，《目连》戏以外，就只有丧家做道场才用它，夜深人静，远远地听起来，令人毛骨悚然。

"目连嘻头"吹完一支"前奏曲"，接着是一阵焰火，女吊以手掩面，低着头出现了。（旧剧里面，好像神佛出场，不用焰火，用以表示其身份的特殊；鬼中的女吊出场大抵用焰火，而神中的土地出场就未必有，这是两种很有趣的例外。）她双手下垂：一手微伸，一手向后。身体倾斜，就像一阵鬼头风似的在台上转。我小时候胆很小，看到这里，照例战战兢兢，闭起眼睛，不敢加以正视；直到后来大了一点，才有勇气去对面：看她接着就在戏台中央站定了，一颗蓬松的头，向左、向右、向中，接连猛力地颠三下，恰像"心"字里面的三点。接下去的动作，就是像《女吊》里所写的："她两肩微耸，四顾，倾听，似惊，似喜，似怒……"凡是看过绍兴戏中的女吊的，我想谁也不能不佩服鲁迅先生的艺术手腕之高，就是这简单的几笔，也已经勾出了那神情的全部。但在这同时，还有几声吱吱的尖锐的鬼叫声，然后是唱词——那仿佛是这样的四句：

奴奴本是良家女，
从小做一个养媳妇，
公婆终日打骂奴，
悬梁自尽命呜呼！

紧接着来了一声寒侵肌骨的叹息和石破天惊似的呼喊：

哎哟，苦呀，天哪！……

让我在这里补说一句，那神情实在是很令人惊心夺魄的。她冷峻、锋厉，真所谓"如中风魔"，满脸都是杀气。然而从另一方面看，也因此显得庄严和正大，不像世间的有些"人面东西"，一面孔正经，却藏着一肚皮邪念；或者猥琐而狎昵，专门在背后喊喊喳喳，鬼鬼祟祟。

阴司对于横死的鬼魂，好像是也要下地狱的。根据阳世"好人怎么会犯罪呢"的逻辑，那理由自然也十分充足。可是女吊之类的厉鬼的行动，仿佛又很自由，她们好像总是飘飘荡荡，乘风漫游着，在找着复仇和"讨替代"的机会。

当然，"讨替代"是十足的利己主义，人们对女吊之所以望而生畏，也许正是这原因。不过作为一种戏剧上的角色来看，也仍然是一种性格强烈、生气充沛的角色。被压迫者中，不是常有因为受着过多的凌虐，因而变得十分粗暴恣肆，对人世取了敌视的态度，无论亲疏敌友，一例为仇的吗？那么女吊的"讨替代"，累及无辜，也就很容易解释了。人与人之间，如果是压迫者与被压迫者，对立存在，其难望于"海晏河清"，也正是必然。看看某一类人的鬼气森森，我想，恐怕还不如女吊似的凌厉峭拔，因为这毕竟更多些人味。

有趣的是女吊好像也会开玩笑。记不清是什么戏了，花花公子抢亲，为一位懂法术的人所捉弄，竟请女吊代了庖，被当做新娘用花轿抬去，洞房之夜，把正在狂喜的公子吓得不成人样。那样子就简直有些妩媚，即使是台下的小孩子，也要拍掌大笑，一点不觉得她可怕了。

关于拳教师

有皇帝，一定有太监；有豪门，一定有奴才。奴才有好几种，一种是专门趋炎附势、帮凶助焰的角色，唯命是听，无恶不作；另一种以忠仆自居，进诤言，舒悲愤，似乎耿直非凡，而不越主奴界限，又往往见忌于同辈，剩得牢骚满腹；还有一种，则是绝顶的聪明人，以帮闲身份，据清客雅座，捧酥腿，凑时风，暗中献计，背后捣鬼，却不落丝毫痕迹，圆通而超脱。这最后一类，性格复杂，由优伶扮演，是要由"二花脸"——也就是鲁迅先生在《二丑艺术》一文中所说的"二丑"担任的。

最能够代表二丑的特色、至于淋漓尽致的，是王爷府里花花公子的拳教师之类。

他们歪戴帽子，身穿宽大海青，手里还大抵有一把折扇，十分的潇洒豁达。他们不但专攻拍马，而且兼擅吹牛，所以在公子的眼里，又是了不起的英雄，"天上的龙捉来当带系，山上的虎撮来当猫嬉"，有着如此惊人的本领。可是他自己一出场，可就嬉皮笑脸地跑到台口，向看客指着自己的粉鼻，公开秘密，送出了这样的独白：

我格师爷哪景光？
长又长，大又大，
壮又壮，胖又胖，

吓得退,像金刚,

吓勿退,像戎囊。

砻糠叉袋,纸糊金刚。

我做事体的溜光滑,

我格拳头只好吓吓,

我打别人——像瞎鸡啄麦!

别人打我——Kuan Tuan!一记敲煞!

"哪景光"者,"怎么样"也。"格"字有"这"与"的"的意思,Kuan Tuan 则是打人的声音,状其猛烈也。纸糊金刚,一戳即破,砻糠叉袋,大而无当:他承认自己是这么徒有其表的家伙。

接着他自叙经历,从前怎样在少林寺里拜师,又怎样因为性子暴躁,被师父赶了出来,流落江湖,在街坊上荡荡水碗,打打沙拳。——这些都是走江湖的玩意。——后来又忽然怎样地遇见"倒霉的公子,十瞎的眼睛",赏识了他,留他进府,充当教席。夤缘附会,他就此阔绰起来,"难是地里爬到天里带哉":

住格是高厅大屋,

吃格是大鱼大肉,

穿格是非红则绿,

坐格是藤棚椅褥，

　　困格眠床是紫檀红木——里雕《西厢》，外雕《三国》，

　　用格马桶是水晶嵌白玉，

　　马桶上雕格是"天官赐福"，

　　疴下去——Sin Lin Whuan Luau，好像罗通扫北，

　　四个丫头走进走出，服侍我 Lôh，

　　困到半夜里燕窝煮粥，

　　……

　　我实格样子享福，

　　死带下来，单少一副寿板棺木。

　　Sin Lin Whuan Luan 也还是形声，"带"者"了"也，"我 Lôh"者就是"我"。

　　这真是得意忘形，踌躇满志。然而他绝不忘靠山随时可倒，自己的地位也随时有动摇的危险，所以绝不对靠山死力效忠。例如公子看中了人家的小姐，家丁主张抢，教师却总是献计去骗，躲在背后，不肯出面的。他八面玲珑，不但在主子面前最得宠幸，在看客眼里，也最容易邀原谅，因为他不但无忠仆之可怜，无家奴之可恶，而且善于插科打诨，自道来历，毫不隐讳，又仿佛极其坦率的缘故。

　　这坦率是替自己留下的退步，一旦靠山倒颓，或者发现别有更大的靠山的时候，他可以另投生路，不必提防悬空。

而插科打诨则是他钻谋爬撞的最好法门。

他们是"走千家,吃千年"的。在现实生活中,我们只要看看无论什么场合,都能融通适合,无论什么朝代,总是春风得意的先生们。他们大抵就是这二丑所扮的角色。

一九四〇年

(选自《柯灵杂文集》,生活·读书·新知三联书店,1984年版)

话中有鬼

朱自清

不管我们相信有鬼或无鬼,我们的话里免不了有鬼。我们话里不但有鬼,并且铸造了鬼的性格,描画了鬼的形态,赋予了鬼的才智。凭我们的话,鬼是有的,并且是活的。这个来历很多,也很古老,我们有的是鬼传说、鬼艺术、鬼文学。但是一句话,我们照自己的样子创出了鬼,正如宗教家的上帝照他自己的样子创出了人一般。鬼是人的化身、人的影子。我们讨厌这影子,可有时也喜欢这影子。正因为是自己的化身,才能说得活灵活现的,才会老挂在嘴边儿上。

"鬼"通常不是好词儿。说"这个鬼!"是在骂人,说"死鬼"也是的。还有"烟鬼""酒鬼""馋鬼"等,都不是好话。不过骂人有怒骂,也有笑骂;怒骂是恨,笑骂却是爱——俗语道"打是疼,骂是爱",就是明证。这种骂尽管骂的人装得牙痒痒的,挨骂的人却会觉得心痒痒的。女人喜欢骂人"鬼……

""死鬼!"大概就是这个道理。至于"刻薄鬼""啬刻鬼""小气鬼"等,虽然不大惹人爱似的,可是笑嘻嘻地骂着,也会给人一种热,光却不会有——鬼怎么会有光?光天化日之下怎么会有鬼呢?固然也有"白日见鬼"这句话,那跟"见鬼""活见鬼"一样,只是说你"与鬼为邻",说你是个鬼。鬼没有阳气,所以没有光。所以只有"老鬼""小鬼",没有"少鬼""壮鬼",老年人跟小孩子阳气差点儿,凭他们的年纪就可以是鬼,青年人、中年人阳气正盛,不能是鬼。青年人、中年人也可以是鬼,但是别有是鬼之道,不关年纪。"阎王好见,小鬼难当",那"小"的是地位,所以可怕可恨;若凭年纪,"老鬼"跟"小鬼"倒都是恨也成,爱也成。——若说"小鬼头",那简直还亲亲儿的,热热儿的。又有人爱说"鬼东西",那也还只是鬼,"鬼"就是"东西","东西"就是"鬼"。总而言之,鬼贪,鬼小,所以"有钱使得鬼推磨";鬼是一股阴气,是黑暗的东西。人也贪,也小,也有黑暗处,鬼其实是代人受过的影子。所以我们说"好人""坏人",却只说"坏鬼";恨也罢,爱也罢,从来没有人说"好鬼"。

"好鬼"不在话下,"美鬼"也不在话下,"丑鬼"倒常听见。说"鬼相",说"像个鬼",也都指鬼而言。不过丑的未必就不可爱,特别像一个女人说"你看我这副鬼相!""你看我像个鬼!"她真会想教人讨厌她吗?"做鬼脸"也是鬼,可是往往惹人爱,引人笑。这些都是丑得有意思。"鬼头鬼脑"不但丑,并且丑得小气。"鬼胆"也是小的,"鬼心眼儿"也是小的。

"鬼胎"不用说的怪胎,"怀着鬼胎"不用说得担惊害怕。还有,书上说,"冷如鬼手馨!"鬼手是冰凉的,尸体原是冰凉的。"鬼叫""鬼哭"都刺耳难听。——"鬼胆"和"鬼心眼儿"却有人爱,为的是怪可怜见的。从我们话里所见的鬼的身体,大概就是这一些。

再说"鬼鬼祟祟的"虽然和"鬼头鬼脑"差不多,可只描画那小气而不光明的态度,没有指出身体部分。这就跟着"出了鬼!""其中有鬼!"固然,"鬼""诡"同音,但是究竟因"鬼"而"诡",还是因"诡"而"鬼",似乎是个兜不完的圈子。我们也说"出了花样""其中有花样","花样"正是"诡",是"谲";鬼是诡谲不过的,所以花样多的人,我们说他"鬼得很!"书上的"鬼蜮伎俩",口头的"鬼(诡)计多端",指的就是这一类人。这种人只惹人讨厌招人恨,谁爱上了他们才怪!这种人的话自然常是"鬼话"。不过"鬼话"未必都是这种人的话,有些居然娓娓可听,简直是"昵昵儿女语",或者是"海外奇谈"。说是"鬼话!"尽管不信可是爱听的,有的是。寻常诳语也叫做"鬼话",王尔德说得有理,诳原可以是很美的,只要撒得好。鬼并不老是那么精明,也有马虎的时候,说这种"无关心"的"鬼话",就是他马虎的时候。写不好字叫做"鬼画符",做不好活也叫做"鬼画符",都是马马虎虎的、敷敷衍衍的。若连不相干的"鬼话"都不爱说,"符"也不爱"画",那更是"懒鬼"。"懒鬼"还可以希望他不懒,最怕的是"鬼混",

"鬼混"就简直没出息了。

从来没有听见过"笨鬼",鬼大概总有点儿聪明,所谓"鬼聪明"。"鬼聪明"虽然只是不正经的小聪明,却也有了不起处。"什么鬼玩意儿!"尽管你瞧不上眼,他的可是一套玩意儿。你笑,你骂,你有时笑不得,哭不得,总之,你不免让"鬼玩意儿"耍一回。"鬼聪明"也有正经的,书上叫做"鬼才"。李贺是唯一的号为"鬼才"的诗人,他的诗浓丽和幽险,森森然有鬼气。更上一层的"鬼聪明",书上叫做"鬼工";"鬼工"险而奇,非人力所及。这词儿用来夸赞佳山水,大自然的创作,但似乎更多用来夸赞人们文学的和艺术的创作。还有"鬼斧神工",自然奇妙,也是这一类颂词。借了"神"的光,"鬼"才能到这"自然奇妙"的一步,不然只是"险而奇"罢了。可是借光也大不易,论书画的将"神品"列在第一,绝不列"鬼品","鬼"到底不能上品,真也怪可怜的。

(选自《朱自清文集》第3卷,江苏教育出版社,1988年版)

有鬼无害论

廖沫沙

看过孟超同志改编的《李慧娘》演出,人们都说这是一出好戏,不但思想内容好,而且剧本编写得不枝不蔓,干净利落,比原来的《红梅记》精炼,是难得看到的一出改编戏。

可是年轻的观众看过这出戏,却感觉有点缺陷:既是现代作家改编的剧本,为什么还保留旧戏曲的迷信成分,让戏台上出鬼,岂不是宣传迷信思想?

我们中国的文学遗产(其实不只是中国的文学遗产)——小说、戏曲、笔记故事,有些是不讲鬼神的,但是也有很多是离不开讲鬼神的。台上装神出鬼的戏,就为数不少。如果有人把传统的戏曲节目作个统计,有鬼神上台或鬼神虽不上台,而唱词道白与鬼神有关的节目,即使占不到半数,也总是占个几分之几。这类戏,如果把中间的鬼神部分删掉,就根本不成其为戏了。人们说,"无巧不成书",这类戏正好是"无鬼不成戏"。

试想,《李慧娘》或《红梅记》这出戏,如果在游湖之后,贾似道回家就一剑把李慧娘砍了,再没有她的阴魂出现,那还有什么戏好看的呢?

戏是人编写出来的,戏台上出现鬼神,是因为人的脑袋里曾经出现过鬼神的观念。前人的戏曲有鬼神,这也是一种客观存在,没有办法可想。问题在现代的人来改编旧戏曲,可不可以或应不应该接受、继承前代人的这些迷信思想?

这是一个很值得讨论的问题。

依照唯物论的说法,世界上是没有超物质的鬼神存在的。相信有鬼神,是一种迷信,是人们的错觉、幻想。鬼神迷信在人们的头脑中发生的根源,最初是由于人对自然力量的蒙昧无知;随后又因为阶级的划分,人对社会斗争的压力,感觉和自然力量同样的不可理解,这样就使代表自然力量的鬼神,同时代表一种社会力量,正像恩格斯所说的,"神的自然属性同社会属性综合为一体",成了"一个万能之神的上帝"。

这种综合自然属性和社会属性的鬼神,随着社会的发展,随着人对自然力量的控制,愈到后来,它的自然属性愈少,而它的社会属性愈多。因为阶级斗争的矛盾,愈来愈超越人对自然斗争的矛盾。

在文学遗产中的鬼神,如果仔细加以分析,就可发现,它们代表自然力量的色彩已经很少,即使它们的名称还保存着风、雷、云、雨,实际上它们是在参加人世间的社会斗争。本来是人,死后成鬼的阴魂，当然更是社会斗争的一分子。戏台上的鬼魂李慧娘，我们不能单把她看作鬼，同时还应当看到她是一个至死不屈服的妇女形象。

文学作品，是现实世界的反映，在阶级社会，就是阶级斗争的反映。《红梅记》这部文学遗产之所以可贵，就因为它揭露了卖国贼的荒淫残暴、摧残妇女;《李慧娘》之所以改编得好，就因为它把一部三十四场的《红梅记》(玉茗堂本)，集中最精彩的部分，提炼为六场戏，充分发展了这场斗争，而以"鬼辩"作为斗争的高潮，胜利地结束斗争。

是不是迷信思想，不在戏台上出不出鬼神，而在鬼神所代表的是压迫者，还是被压迫者；是屈服于压迫势力，还是与压迫势力作斗争，敢于战胜压迫者。前者才是教人屈服于压迫势力的迷信思想，而后者不但不是宣传迷信，恰恰相反，正是对反抗压迫的一种鼓舞。

我们对文学遗产所要继承的，当然不是它的迷信思想，而是它反抗压迫的斗争精神。戏台上的鬼魂，不过是一种反抗思想的形象。我们要查问的，不是李慧娘是人是鬼，而是她代表谁和反抗谁。用一句孩子们看戏通常所要问的话：她是个好鬼，还是个坏鬼？

如果是个好鬼，能鼓舞人们的斗志，在戏台上多出现几次，那又有什么妨害呢？

这里我倒要向演出《李慧娘》的北方昆曲剧院建个议：既

然是演出一个"好鬼",是不是可以把"好鬼"的形象表演得更可爱些,而不是更可怕些?李慧娘从头顶上摘下的"脑袋",是不是可以免了?她的"武器",不是还有两把什么扇子,可以使用吗?

(选自《廖沫沙杂文集》,生活·读书·新知三联书店,1984年版)

怕鬼的"雅谑"

廖沫沙

中国科学院文学研究所出版过一本《不怕鬼的故事》。这当然是本好书。但是现在看来,单是一本《不怕鬼的故事》还不够用,还得有一本《怕鬼的故事》。

出版《不怕鬼的故事》,是为了破除迷信,告诉人:鬼是没有什么可怕的。倘使再出一本《怕鬼的故事》,那有什么意思呢?难道要宣传迷信,提倡怕鬼?

在《不怕鬼的故事》中,不是有许多不怕鬼的人,也同时有许多怕鬼的人么?没有怕鬼的人,就显不出不怕鬼的人的勇敢和智慧;没有不怕鬼的人,也显不出怕鬼的人是多么卑怯和愚蠢。在这本故事中,不论怕鬼的与不怕鬼的,又都有一个共同点:都承认有鬼。是一群"有鬼论"者,而不是"无鬼论"者。只要世界上还有人相信有鬼,就会有怕鬼的人,当然也会有不怕鬼的人。

不是吗?在《不怕鬼的故事》这本书中,不但有不怕鬼的

故事,也夹带着怕鬼的故事。试举一例:

> 嘉靖中,锡人王富、张祥俱有胆,素不畏鬼。夏日,同饮溪上。日将晡,王曰:"隔溪丛冢中,昨送一新死人,汝能乘流而过,出其尸于棺外乎?"张曰:"吾能黑夜出之。"王曰:"果尔,当输腊酿一瓮。吾先取来等汝。"俄,日没,张遂过溪,见棺已离盖,方疑之,忽棺中出两手抱张颈。张惧而私祝曰:"汝少出,俟我赌胜,明日当奠而埋汝。"言毕,抱益急。张大叫,声渐微。溪旁人家闻声,群持火来照,抱张颈者,乃王也。盖诡言取酒,从便处先渡,出尸而伏棺中耳。(明·浮白斋主人《雅谑》)

这大概是一段实录,因为有年号、有地点,年号是明朝的"嘉靖",是明世宗朱厚熜的年号,当公元一五二二年至一五六六年,地点是江苏的无锡,作者也是明朝的人。他记录这段实事,就像我们现代人写一篇开棺出尸的新闻报道,登在报纸上,是一样的。

故事的特点是没有出现鬼,只有一具新丧的尸体。这是《不怕鬼的故事》全书中唯一没有鬼而怕鬼的故事。这也可以证明作者是在记录客观事实,没有捏造夸大。但是故事的确写得很有意思。故事中的两个人物,都号称"素不畏鬼",实际上却一个真不怕鬼,就是"出尸而伏棺"的王富;一个真正怕鬼,就是被王富从棺材中伸手抱住颈项、吓得半死的张祥。

两人都说"素不畏鬼",为什么一个真不怕,而另一个却真正怕呢?王富敢于"出尸而伏棺",并且自己去装鬼吓人,可见他心目中是没有鬼的,所以他不怕。张祥虽口出大言:"吾能黑夜出之。"实际上却心里怀着一个鬼胎,所以一见棺已离盖,就惊疑不止,再见棺中伸出两只手,更心惊胆裂,分不清是人是鬼,慌忙告饶许愿;还不行,就失声大叫,以至惊恐欲绝,显出一副活见鬼的丑态。

张祥既是一个怕鬼怕得要死的人,为什么又口讲大话,敢连夜去开棺出尸呢?故事中也有交代:为了赌胜王富所许的一坛酒,就连自己的胆量究竟是大是小,也忘之脑后。他不但好酒贪杯,见利忘义,而且是个空口说大话、顾前不顾后的赌棍。

我说,还得有一本《怕鬼的故事》,就正是要挑选一些口称不怕鬼而实际怕鬼怕得要死的人,把他们写成故事,以便活画出他们的丑态百出。

上引故事的原作者,署名为"浮白斋主人"。看他写的这段故事,倒真是值得浮一大白;他的书名是《雅谑》,也的确是既雅且谑。一个明朝人能这样写作,难道我们今日就没有这样的有才有志之士来"雅谑"一番么?

(选自《廖沫沙杂文集》,生活·读书·新知三联书店,1984年版)

《鬼趣图》和它的题跋

黄苗子

话说十八世纪乾隆年间，有一位卖画为生的艺术家，他久住在扬州天宁门内弥陀巷；扬州这个地方，风景秀丽，文化集中，并且是当时富甲全国和势倾朝野的盐商集中之地。（从记载上看，这位画师可能在生活上受到当时大盐商马曰琯兄弟的照顾。）他早年拜了鼎鼎大名的文人金农（冬心）为师，参与了那时影响极大的反保守主义、反封建正统的艺术流派——"扬州八怪"。他的名字叫做罗聘（号两峰，字遁夫，自称"花之寺僧"），是"扬州八怪"中最年轻的一个。

罗两峰大约在乾隆三十六年（一七七一年），为了给他的老师印文集的事，跑到北京住下，他饱看了当时所谓"乾隆盛世"上层社会的真实面貌，忽然动了念头，要给这些人开个玩笑，于是利用他生理上的特点——眼睛生得比别人蓝一些，便宣称自己这双蓝眼睛能看见鬼物；他说鬼这种东西"凡居室及都市，憧憧往来不绝，遇富贵者，则循墙壁蛇行；贫贱者则挢肩蹑足，揶揄百端"（俞蛟《梦厂杂著》卷七《罗两峰传》）。于是便把惟有他自己能看见的"鬼"画成为"鬼趣图"。在当时的京城里，这几幅裱成长卷的《鬼趣图》便轰动一时；有的看了叹赏惊奇，有的看了做会心的微笑。画师罗两峰因为有这一双怪眼和一卷怪画，便很受到社会人士的注意："三至都门，所主皆当代巨公。"（蒋宝龄《墨林今话》卷四）也就马上成为当时的名画家了。

《鬼趣图》一共八幅：第一幅满纸烟雾，隐隐看见些离奇的面目肢体；第二幅一个短裤尖头的胖鬼急步先行，一个戴着缨帽的瘦鬼在后面跟着他；第三幅一个衣服华丽面目可憎的"阔鬼"拿着兰花在靠近一个红衣女鬼作昵语状，旁边一个拿扇的白帽无常在那儿倾听；第四幅一个矮鬼扶杖踞地，一个红衣小鬼在他的挟持下给他捧着酒钵；第五幅一个长脚的绿发鬼，伸出长手作抓拿状；第六幅是一个大头鬼，前面两个一面跑步、一面慌张回顾的小鬼；第七幅在风雨中一个鬼打着伞匆匆忙忙地走，前面有个先行的，还有两个鬼脑袋在伞旁出现；第八幅是枫林古冢，两个白骨巉岩的髑髅在说话。

罗两峰不但喜欢画鬼（传说他还画了一卷《鬼雄图》长卷，未见诸家著录），而且喜欢说鬼，虽然他不承认所画和所说的都是开玩笑，（两峰《香叶草堂诗集》中有《秋夜集黄瘦石斋中说鬼》一诗，末云："妄听且凭君，我语非妄语。"）可是谁都知道这位画家在拨弄狡狯，他一本正经地借鬼来骂人。

罗两峰自少追随"语多放诞，不可以考工氏绳尺拟之"(《冬心〈画佛题记〉自序》)的金农，并且在马曰琯兄弟所来往的著名学者中，也受到当时进步的思想家戴震等人"遏欲之害，甚于防川"等主张个性解放的思想影响。另一方面，在清朝贵族的统治下，残酷的"文字狱"不能不叫人寒心，牵涉到"人"的事情总不大好谈，说"鬼"还比较稳当。《鬼趣图》的创作，不过和较早的《聊斋志异》及同时期的《子不语》《阅微草堂笔记》等文学作品同一类型（当然各人的中心思想可能不一致），也是当时整个文艺风气反映在绘画上的一种表现。然而这在美术上便产生了一种新的风格，成为现代漫画的滥觞，并且给当时毫无生气的、正统派和保守派占优势的清代画坛投下了一颗炸弹。

清道光年间，学者吴修（号思亭）提到《鬼趣图》的作法说："先以纸素晕湿，后乃行墨设色，随笔所至，辄成幽怪之相，自饶别趣。"(《青霞馆论画绝句》)这种从泼墨山水引用到人物画上来的方法，把空灵渺冥的气氛表现得十分成功。在人物刻画上，作者使用简练朴拙的线条，表现古怪出奇的形状，使人看了轻松可笑，充分地把"鬼趣"刻画出来，成为一组在小品风格上体现作者深湛的艺术修养的作品。

《鬼趣图》的讽刺对象到底是谁呢？画家始终在卖关子。可是二百年来好几十位诗人，却借它写出不少嬉笑怒骂的绝妙好词来。

247

中国艺术有一个显著特征，就是画和文字结合。"诗中有画，画中有诗"，可以互相发明，使作品的艺术性加强。我说这是显著特征，因为这是西洋画中所没有的，谁也未见过在《蒙娜丽莎》上题诗一首这回事。

罗两峰的《鬼趣图》，"栖毫甫竟，题翰已多"（吴毅人《记罗两峰》）。刚画好就有不少人在上面题咏。后来这个卷子他自己带回扬州，一七七九年以后，罗两峰两次到北京，这幅自己最心爱的作品都随身带着，遇到知己朋友便拿出来欣赏，便也有不少人在上面借题发挥起来。有位"石湖渔隐"吴照，就题上两首七绝：

> 白日青天休说鬼，鬼仍有趣更奇哉；
> 要知形状难堪处，我被揶揄半世来！
> 肥瘠短长君眼见，与人踵接更肩摩。
> 请君试说阎浮界，到底人多是鬼多？

徐大榕题的是：

> 早岁已持无鬼论，中年多被鬼揶揄！
> 何人学得燃犀法，逼取真形入画图？
> 短长肥瘦态何殊？更有幺魔貌绝姝。
> 我向终南求进士，青天莫放鬼群趋。

袁子才把罗两峰引为同调，认为只有他们两个人知道鬼的有趣，他写道：

> 我纂鬼怪书，号称《子不语》。
> 见君画鬼图，方知鬼如许！
> 知此趣者谁？其惟吾与你。
> 画女须画美，不美城不倾；
> 画鬼须画丑，不丑人不惊！
> 美丑相轮回，造化为丹青。

传说"鬼死为聻"，袁子才最后幽默地写道：

> 我闻鬼化聻，鸦鸣国中在，
> 胡不兼画之，比鬼当更怪。
> 君曰姑徐徐，尚隔两重界。

周有声的题跋却和袁子才相反，他在一首长古的末段写道：

> ……我闻古人画马入马腹，画鬼当忧堕鬼族。不知人鬼相隔只一尘，画取何嫌竟逼真——却愁他日升天去，鬼向先生乞画人！

从人在阳间画鬼想到将来死后鬼在阴间要画人，可谓匪夷所思。其实人看见鬼的世界阴风惨惨，但在鬼看起来，那种人吃人的阶级社会才更阴惨呢！

关于第二幅瘦鬼跟着胖鬼那张画，蒋士铨这样题：

王家僮约太烦苦，鬼奴嘻嘻随鬼主，主人衣冠幸且都，如何用此尪羸躯？但有筋肋无肌肤。无衣无褐但有襦，破帽笼头缨曼胡，徐行掉臂学腐儒。吁嗟乎！饿鬼啾啾啼鬼窟，不及豪家厮养卒；但能倚势得纸钱，鼻涕何妨长一尺！

郭祥伯在一八〇六年题的：

不坐而趋，不裤而襦，前行妮妮，后行跦跦。噫彼蓝缕，岂穷之徒？岂无妾马，尔驱尔娱？曰其生前，高冠大车。

都是极挖苦之能事。蒋士铨把这一肥一瘦说是"鬼奴鬼主"，我看是可能的，看那瘦鬼一身精光，却还戴着清朝官帽，可见他虽然做了饿鬼，还放不下封建奴才的臭架子。郭祥伯却把煊赫不可一世的封建统治者剥去外皮，露出本相（指那两个只穿牛头裤的穷鬼说是生前"高冠大车"的大人物），也是蛮有意思的想法。

自号"蜀山老猿"的文学家张问陶，给第八幅那在林子里的两个髑髅，题上慷慨悲愤的一首诗：

> 愈能腐臭愈神奇，两束骷髅委路歧。
> 对面不知人有骨，到头方信鬼无皮！
> 筋骸渐朽还为厉，心肺全无却可疑。
> 黑塞青林生趣苦，莫须争唱鲍家诗。

这就是清朝封建贵族统治下上流社会的缩影！在这个社会里见到的多是毫无骨气的人（不知人有骨），他们所有的本领是剥削人民，到了最后，连老百姓的皮都剥光了（到头方信鬼无皮）。快要没落的封建地主阶级一天一天腐朽下去，压迫剥削的手段却是变本加厉起来（筋骸渐朽还为厉）。这些家伙都是没有心肝的凉血动物！在这个社会里生存是苦恼的，李长吉的诗句有："秋坟鬼唱鲍家诗，恨血千年土中泣！"与其说是鬼的哀怨，不如说是人的愁苦。

罗两峰的《鬼趣图》，这样地引起当时诗人们的共鸣，他们的诗和罗两峰的画在风格和内容上便结合起来，成为一个完美的整体，给清代中叶的艺坛留下了佳话。

罗两峰画《鬼趣图》和吴敬梓写《儒林外史》差不多同时。《儒林外史》写成，"人争传写之"（程鱼门《吴敬梓传》）。《鬼趣图》画成，也到处受到当时知识界的欢迎。这说明了十八世纪中叶反抗腐朽的封建制度的思想，反映在文学艺术上所形成的浪漫主义运动正在出现。当时绘画部门那呆板乏味的"四王"山水（"四王"是有他们自己的成就的，这里指的是当时模仿他们的"四王"流派）及毫无生气的"如意馆"宫廷派花鸟画，都已失去社会的支持。先进的人们，对艺术要求回到"人的社会"中来；同时，人们也了解到文网日密的情况下，看不到真正的"人"，便看看"鬼"也就满足，何况当时整个绘画界保守顽固的空气浓厚，庸俗的画家，即使画人也只是"千人一面"（曹雪芹《红楼梦》中语），失去了人味。因此宋葆淳在这个卷子里叹息着："庸手画人不似人，妙手画鬼得鬼趣！"

但是即使谈狐说鬼，也会触犯封建上层社会的忌讳。因此对罗两峰深切"爱护"的程鱼门便也在题跋中劝他宁可多画些梅花，"斯图即奇特，洗手勿轻试"，主要也是怕在政治上会遭到毒手。乾隆以后，扬州八家的影响只在水墨花卉及写意山水方面创开新路，讽刺性的漫画作品，却没有大量发展起来，直到清末，封建王朝已经极端衰弱，那时中国画形式的讽刺画，才开始出现。

（选自《货郎集》，百花文艺出版社，1981年版）

本作品中文简体版权由湖南人民出版社所有。
未经许可，不得翻印。

图书在版编目（CIP）数据

神神鬼鬼 / 陈平原编. --长沙：湖南人民出版社，2023.9
ISBN 978-7-5561-3200-3

Ⅰ.①神… Ⅱ.①陈… Ⅲ.①散文集－中国 Ⅳ.①I26

中国国家版本馆CIP数据核字（2023）第039991号

神神鬼鬼
SHENSHEN GUIGUI

编　　者：陈平原
出版统筹：陈　实
监　　制：傅钦伟
选题策划：北京领读文化
产品经理：领　读－孙　浩
责任编辑：张玉洁
责任校对：夏丽芬
装帧设计：广岛·UNLOOK

出版发行：湖南人民出版社有限责任公司［http://www.hnppp.com］
地　　址：长沙市营盘东路3号　　邮编：410005　　电话：0731-82683313
印　　刷：湖南凌宇纸品有限公司
版　　次：2023年9月第1版　　　　　　印　　次：2023年9月第1次印刷
开　　本：880 mm × 1230 mm　1/32　　印　　张：9
字　　数：176千字
书　　号：ISBN 978-7-5561-3200-3
定　　价：45.00元

营销电话：0731-82683348（如发现印装质量问题请与出版社调换）